茨城の怖い話 2

—鬼怒砂丘に集いし英霊—

一銀海生
寺井広樹

はじめに

僕には悪い癖がある。

生来、ナゾ解きが好きで、幽霊が出ると聞くと『怖い』と思わずに『なぜそこに霊が出る？』と考えてしまう癖だ。

最初に作った名刺も、『霊伝説謎解き師』だった。

友人には「探偵事務所じゃあるまいし、こんな名刺で人が訪ねてくるもんか」と笑われたが、今ではひっきりなしに霊体験を相談に来られる。

とはいえ、確実な答えを出せるのは霊能者の先生なので、随時僕も霊能者に相談している。それに歴史的見解を僕が加えて、霊謎解きをやるのだ。

しかし、実話怪談というものは、答えを明確に出すのはご法度らしい。

僕の場合、そこに出かけて歴史や土地を見て体験、推理するので、いわゆる実話怪談の類でなく『実録怪奇談推理』と銘打ってもらうほうがいいと思う。


もうひとつ、僕には不思議な仏縁がある。

先祖が加藤清正のご母堂を祀る、日蓮宗の妙永寺の親戚だったせいか、武者や軍人が僕を好むようで、その関係した霊やお寺がかかわってくるのだ。

それに心霊スポットに行った後、必ずお寺に行く羽目になるのだ。

僕が住む家の裏に「芳林寺」という太田道灌を祀った曹洞宗のお寺がある。

ここに住むようになったのも、その前に八年ほど住んだすぐ近くの場所が『事故物件』だったから。どうやら首つり自殺があったようだ。

で、不動産会社に紹介された新築物件が今の住居だが、ベランダからは墓石のマンハッタンと呼べるほどの墓が立ち並ぶ。卒塔婆は強風で揺れっぱなしだ。

「一銀さん！　怪談作家にはぴったりの条件でしょ？」

と不動産担当はうそぶく。事故物件の次は墓物件か……と嘆くも、このお寺は由緒正しく、よく成仏できているのか空気は澄んでいたので住むことにした。

ただ、お彼岸やお盆のころはベランダに人影があり、見ると墓に向かって立っている人だったり、窓から人がのぞいたり。ややラップ音もする。

お盆が終わった八月十九日のことだった。

家の玄関から繋がるリビングのドアが何度も開くので、閉めに行くと、ドアノブがギギイとまわって開くのが見えた。

自然に動く代物じゃない。もちろんドアの向こうに誰もいないのにだ。

しかも、そのドアは閉めたにもかかわらずまた全開になった。

嫌な予感がして、裏の墓場を見やると、一枚の卒塔婆だけが揺れている。

無風の猛暑の昼間のことだ。

芳林寺の墓場の霊は成仏してるはずだが……と不思議に思った。

冬になり、僕は車を買うことにした。裏のお寺の駐車場をみると一台だけ空いていた。

駐車場を借りるため、初めてお寺の方丈（住職）に会いに行く。思った以上によく話してくれる徳の高いお坊さんだった。

「ほう、お宅は裏の家で怪談を書いておられるんですな」

お互い、裏の寺、裏の家と呼び合っている。うちが方角としては本堂に対して辰巳と戌亥の方角。縁起が良いので、僕とのご縁を良きと判断したようだ。方丈のこの勢いなら、うちが鬼門の丑寅の方角なら断っていただろう。

「ええ、まあ。おかげでいい怪談を書かせてもらっていますよ」

「でしょうな。うちは五角形に結界を引いているから鳥がさえずりますよ」

確かに庭では、うるさいくらい鳥が鳴いていた。そして方丈はこう言った。

「霊はなぜ出ると思いますか？」

「それは、僕が一番調べてるところですよ……この世の未練でしょうかね」

「基本的に霊は、供養されたくて出てきます」

「はあ、供養ですか」

「さよう。霊界にもポイント制のようなものがあり、この世の子孫が供養（お金をお寺に払って卒塔婆を置いたり、法要をすること）やお墓参りをしてくれるとポイントが上がり、仏様のあの世での環境が良くなるのでしょう。供養ポイントがほしいようです。だから普通は霊は子孫にお願いに行きますな」

「供養ポイントですか……子孫がいない場合は？」

「頼みやすい他人、友人ですな。お金を借りたいというとき、言いやすそうな人に行きますよね？　優しいとかおとなしいとか」

「はい、それはまあ、そうですね」

「それと同じです。仏も元は人間だから、頼みやすい子孫、友人もしくは偶然手を合わせてくれた人に行きます。うるさい人や怖い人には頼みづらいので行きません。そういう人には憑りつかないってことですね」

「しかし、嫌だ、とその人間が断ったらどうします？」

「そりゃあ仏だって、すべていい人間じゃありませんから、子孫にだって害を及ぼして苦しめたりしますよ。悪い人間が仏になってるから、あの世でも良い環境にいない。現世での供養ポイントで、何とかしたいところでしょうな」

なるほど。供養ポイントがたまれば成仏。新しい来世の世界感だ。

「つまり地獄の沙汰も金次第ってのはあるんですよ」

実に興味深い。霊は仏、仏を良く知る御仁の見解は深い。

太田道灌は主君に疎まれて殺された。どうもこの芳林寺は渦巻く武家の『無念』がある。

僕の清正ゆかりの寺の血筋や武者寺縁がひきよせたか。

この芳林寺と茨城との深き怪奇の関係は本編で書く。

「うちは施餓鬼をやる唯一の寺なんですよ」

と方丈。

施餓鬼とは、この辺りの追いはぎや強盗など行きずりで身元わからず死んだ人、身寄りのない旅人など無縁の霊を『餓鬼霊』とし、供養する行事だ。

確かに身寄りがなく、お寺でお墓の契約をしていなければ、現世で供養をする者がいない。供養ゼロは霊界ポイントは最下位になるから、あの世で苦しい思いをしている霊魂はたくさんいるだろう。

霊たちはどうしてもこの寺に行きたいわけだ。

「この法要の時は、アリの大群のように石段を登る餓鬼霊が見られます。施餓鬼用のだんご（白くて丸い団子）に手を伸ばしたら、すっと消えるそうですよ」

と大変興味深い話をしてくれた。

「施餓鬼はいつ法要しているんですか？」

「毎年八月十九日です」

なるほど、うちに出た霊の謎は解けた。来年は芳林寺の施餓鬼法要に行こう。

この慈悲深い寺に駐車場代として毎月お布施を払う事になったのも、霊たちに呼ばれたのだろう。寺の結界の内側に、我が家もあることを望む。

ここに越してから仕事の武運が上がった。岩槻にお出かけの際は訪れて、武運上がる御朱印をいただくと良いだろう。


こうした不思議な仏縁や神縁は茨城県内各所でも起きた。

前作の後、県内で撮った心霊スポットの写真は霊障にて全部消えた。

しかし茨城県護国神社で撮った写真は残った。

茨城には多くの神々そして霊も仏も宿る。

日本三大稲荷の笠間稲荷神社、日本三大神宮の鹿島神宮、光の柱が宇宙から確認された日立の御岩神社。霊験ある筑波山の筑波神社。

この独特の神力的な空気感や不思議な体験も本作に載せた。

無念で成仏できない餓鬼霊、浮遊霊、地縛霊を含め、無念の歴史と土地を知ると霊謎解きができる。もちろん答えは読者の心の闇に吹かれている。

今回は茨城で体験した僕の話も含め、実録怪奇を書く。結界を更に超える。

そして、尊敬する知人である、大島てる氏の監修協力を得て、事故物件に関する怖い話も掲載した。茨城の事故物件、凶悪事件、眠らない霊魂たちのあくなき戦いを綴る。霊の謎にせまり渦巻く茨城の『無念』を書き、挑む。

月浦影之介氏、イッチー氏、本山寺方丈の丹波氏、飛田整術の飛田先生、茨城県妖怪探検隊の士郎様の土着の怪奇談、Ｈｉｒｏ、芳林寺方丈、河津氏。怪奇話にご協力いただいた茨城、隣県の皆様に心から感謝申し上げます。

一銀海生

戦闘機イラスト：Hiro

茨城の怖い話２　―鬼怒砂丘に集いし英霊―　目次

一　笠間の化け狐と井筒屋

（笠間市）

笠間稲荷神社の昔ながらのたたずまいのある参道を過ぎて、街道に出た向かいに「井筒屋」という約三百年の伝統をもつ旅館があった。

江戸のころは街道筋の旅籠として使われていたであろう豪奢なつくりはその形をそのまま今に残している。

坂本九夫妻が笠間稲荷神社で結婚式を挙げ、この井筒屋で祝言を挙げたのも有名である。

当時の写真を持っていた、笠間市出身のイッチーさんに話を聞いた。

彼はこの井筒屋の女将の甥だった。

「九さんはみんなに愛されていて、毎年節分の時期は必ずここにやってきて豆まきをして、泊まるんですよ、僕が小さい時は九さんの膝に座らせてもらったり、とてもいいひとでしたよ。あんな事故がなければ……」

事故とは、日航機墜落の事故のことである。

坂本九氏が乗っていた日航機の１２３便は群馬の御巣鷹山に墜落した。

井筒屋は、その後も営業を続けていたが、女将もご主人も相次いで亡くなり、子どものいない夫婦だったので、ご主人の弟とその子供が継いだが、どうもうまくいかなかったらしい。東日本大震災で大きな被害を受け、ついに閉館してしまった。

このすぐ近くに佐白山がある。その入り口には現在は駐車場となっているが、佐白山公園がある。

彼の叔母と後の井筒屋の主になる叔父が高校生のときだった。

その公園でデートしていた。

二人でベンチに座っていると、階段を上がってくる老人の姿が見えた。

なんとなくその老人の顔を見て、二人は驚いた。

その老人は、つい先日亡くなりお葬式をあげたはずの祖父だったからだ。

しかもどんどん二人に近づいてくるではないか。

「キャー！　幽霊！」

叔母は小さく声を上げて叔父にすがりつこうとする。

祖父は叔父の祖父だった。旅館の主人の先代になる。

付き合い始めたばかりだが、お葬式に顔を出していたのでもちろん知っていた。なんの変哲もないように、彼の祖父は二人の前を通り過ぎた。

「おい！　お前！　何者だ！」

叔父はこともあろうか、怖がらずにその祖父の霊を追いかけたのだ。

彼女は怖くて怖くて、しかもベンチに一人残されて途方に暮れていると
ザワザワザワ
ベンチの下で彼女の足元を何かが触っている。

「ひいいいい」

それは毛のある生き物のようだった。

思い切って見ると、猫ではないイタチのような何か……あとで気づいたが、それが狐だったようだ。

彼が煙に巻かれたような顔で戻ってきた。

「途中ですっと消えたんだよ、じいさん。ありゃあ何だったんだ」

「私も足元を変なのが通って行ったのよ！」

その話は夫婦が亡くなるまで、語り継がれた。

あれは狐様の仕業だったんだねえ、と叔母が話してくれたそうだ。

祖父の霊が歩いてきた階段（佐白公園）

笠間は狐が化けることでも有名だった。

だいたいの大人は一度は経験したかのように、普通に『化かされた』ことがあったとイッチーさんは話す。

お稲荷様のおひざもとにあれば、げに恐ろしき話でも、さもありなむと思うところがある。それを嫌がり、怖がる人は少ないようだ。

井筒屋は震災で閉館してしまったが、二〇一八年に『かさま歴史交流館 井筒屋』として再建された。内部も囲炉裏や棚、神棚に至るまで、当時の旅館の雰囲気を残したまま、展示物が置かれ、市民の集いの場になっている。

稲荷神社は商売の神様でもあり、その裏手には大黒天も祀られている。

狐様に愛された井筒屋はこうして復活の時を迎えることができたようだ。

筆者は館長にご挨拶をしたが、狐には似ておられなかった。

◆井筒屋に出る霊　その一

井筒屋の先代夫婦が亡くなり、その弟さんが井筒屋を継いだ。ところがその弟さんも、継いで間もなく亡くなってしまった。そのお子さんが継ぐことになり、切り盛りしていたころだ。

客室の中の奥の部屋から「おう！　おう！　おう！」という掛け声のようなうめき声のような声がする。

しかし当日宿泊客のいる部屋ではなかった。

仲居さんがそっとその部屋の扉を開けてみるが誰もいない。

少しぞっとして、仕事場に戻った。

またそのあとも「おう！　おう！　おう！」と声がするので、かなり不気味に思っていた。聞こえる人には聞こえるようだ。

亡くなった先代の弟さんの一回忌を井筒屋で行った。

そこには弟さんの大学のボート部仲間が集まり、「体育会ならではの昔の部活時代の掛け声で見送ろう！」となった。

友人たちは円陣を組んで
「おう！　おう！　おう！」

と叫んだ。

それを聞いた仲居さんは腰が抜けそうになった。

あの奥の部屋で聞こえたうめき声と全く同じだったたからだ。

亡くなった弟さんがボート部時代を思い出し、叫んでいたのだろうか。

◆井筒屋の霊　その二

先代の女将が晩年に過ごしていた部屋があった。

そこは『水仙』という古い六畳間程度の畳の部屋。

ちょうど井筒屋の玄関を入った左側の母屋にあった。

女将さんが亡くなったあと、部屋の電気がひとりでにつく現象が頻繁にあったそうだ。

支配人が夜間の見回りをしていると、誰もいないはずの部屋なのに灯りがついていることがあった。

井筒屋の建物はほとんど解体されていて、郷土資料館として残っている。

その部屋は実は今もその建物の中に、ある。

◆井筒屋の霊　その三

井筒屋の玄関から奥に入った客室でよく見かけられた現象だ。

廊下を数十人の武者が隊列を組んで歩きまわっていたという。

何人もの客がその姿を見たそうだ。

実は井筒屋となる前は、赤穂浪士の討ち入りで有名な播磨赤穂藩の藩主、浅野内匠頭の筆頭家老であった「大石内蔵助」の先祖の屋敷があった。それが原因じゃないかと噂をされていた。

今も大石家の屋敷跡の碑が、井筒屋の敷地跡のすぐ近くにある。

霊が出た井筒屋の建物部分は、今は原っぱに井戸の跡が残るだけの跡地となったが、大石家の跡地の碑の場所には、討ち入りに向かう陣太鼓を持った姿の大石内蔵助の姿の銅像がある。

いまだにその原っぱを、隊列組んで歩いているかもしれない。

兵どもの夢のあとさきだ。

二　マッチ棒のような芸者

（笠間市）

笠間には、日本三大稲荷といわれる笠間稲荷神社を観光の中心とし、宿場町として栄えていたこともあったため、大勢の芸者さんがいたそうだ。

イッチーさんが幼少のころには、きれいな着物を着て、三味線なんかを抱えた芸者さんが、この界隈を夕暮れの時分にしゃなりしゃなりと歩くのだった。

彼が小学生のときに実際に体験した話だ。

その日は家族で車に乗って出かけていた。

彼の父親が所属していた慈善団体が主催するクリスマスパーティに出席し、夜の十時に終わったあと、父の運転する車で国道３５５線を宍戸駅方面から笠間駅方面に向かって走っていた。

国道といっても、当時はまだ道路照明灯もなく、真っ暗な田舎道で、深夜ともなれば通る車もまばら、ましてや歩く人などもいないような寂しいところだった。

「お父さん、僕も運転する！」

「ああ、助手席に乗って運転してろ」

スーパーカーブームもあり、イッチーさんは仮想のハンドルを握りながら、助手席で運転の真似を楽しむのが好きだった。

真っ暗な道路を見つめていると、前方に小さく人の姿が見えた。

「誰だろう、珍しいな」

独り言をつぶやくと、じっとその人を見続けた。

道路沿いに歩くその人がとても気になってしまったのだ。

こんな時間にこんな寂しい場所を人が歩いているということ自体が気になっていたのもあった。

車が近づくにつれ、その人の容姿がだんだんとわかってきた。

どうやらおしろいを塗ったような真っ白な顔をした女性が、真っ赤な着物を着てこちらに向かって歩いてきているのだった。

見た瞬間、

「あれは芸者さんかな」

とつぶやき、笠間の繁華街でよく見かける芸者さんだなと感じた。

それにしても、この辺は街中からは離れすぎているし、それにこんな真っ暗な道を灯りも持たずに女性一人で歩いているなんて……。

（この人、何か変だよな）

さらに車が近づいていき、その人の姿がはっきりと見えたそのとき、

「うわあああ」

体中に鳥肌が立った。

その女性には肩がなかった。

マッチ棒のように、真っ白な顔から下にストーンと異様に細い真っ赤な着物の胴体が伸びていた。

顔は、両目がつり上がり、口は大きく耳元まで裂けていた。

（人間じゃない……）

怖いながらも、なぜか目がそむけられずに、その光景から目が離せなくなっていた。隣で運転する父は、お構いなしにどんどん進み、よりその人に近づいていくのだ。

ついにすれ違った。

その姿を見て、さらにイッチーさんは体が硬直した。

真横からみたその赤い着物の女は、口に真っ赤な布切れをくわえ、後ろ足で立って歩い

ている狐の姿だったのだ。

（うう、何かとんでもないものを見てしまった……）

正面から見ると、マッチ棒のような人間の姿、横から見ると、狐……。

しばらく放心状態でいたが、隣の父親は見えていたのか、自分だけに見えていたのか心配になり、聞いてみた。

「さっき通り過ぎた女の人、変だったよね」

すると父親は意外なことを言った。

「ああ、あれは狐が人間に化けて歩いていただけだよ」

と、まるで昔からよくあることのように答えただけだった。

この辺りで生まれ育った大人たちは、狐に化かされる経験はそれほどめずらしいことでもなかったそうだ。


お稲荷さんのご神体が狐というわけではなく、神の使者として狐がいる。中には「ヤコ」といってはぐれ狐もおり、それが悪さをすると言い伝えられる。「ヤコが来るから帰りなさい」と夕暮れになると言われた、という地方の人もいる。ヤコ＝野狐という意味だろう。野良猫、野良犬、野良狐から来たのかもしれない。主人につかず、自由気ままに浮遊霊のようにいたずらをするようだ。
こっくりさんもその類でないか、といわれる。

三　狐に憑りつかれた男

（笠間市）


水戸市発祥の新興宗教の法人があった。

威勢のいい営業部長が、笠間市にその宗教法人の『笠間分社』を作ろうと、ある物件を借りた。

笠間市には笠間稲荷神社があるが、笠間市自体は広いし、神社の近くというわけでもないので、特にこだわりもなく不動産契約をすることに至った。

ところが、その賃貸契約を締結したとたん、体に百匹の狐が憑りついて入り込んでしまった。

狐は稲荷神社の神の使いになるので、生きた狐でなく、狐の霊になる。

体に入り込んでしまうと、普通のお祓いでは取り出すことができない。

「た、たすけてくれ」

営業部長はその日から身動きが取れなくなり、普通の生活ができなくなってしまった。

体が勝手に浮き上がり、自分の脳とは全く違う動きをしてしまうのだ。壁を殴ったり、はたから見れば、精神病でコントロールが効かない患者が暴れまわるような感じだ。

家族は警察にも病院にも連れていけない状態で、宗教法人の始祖の代表にお願いに来た。

「おたくの分社を作ろうとしてこうなったんだから、責任持ってくださいよ」

仕方なく、霊が百体着いたまま、水戸に住んでいた代表の家で一匹ずつ狐の霊をお祓いして出すことになった。

しかし、部長は空手の有段者で、体も大きい。そんな彼が暴れると家じゅうが壊れるような力で殴ったり蹴ったりを繰り返す。壁に何個も穴が開いた。

代表も女性なので、暴れる力には勝てないし、もはや人間の力を超えていた。

仕方なく、ぐるぐる巻きにして布団や柱に縛り付け、除霊を行った。

代表が念仏を唱えると、部長は体が勝手に跳ね上がるようで、拒絶反応を起こす。

「代表、これ以上は危険です！」

おさえるのに必死な信者も叫ぶ。

「お、おえっ」

営業部長は突然腹から何かを吐いた。

汚物はなかった。何も食べていないというのもある。

「今、一匹出たな」

代表にだけ、狐が見えた。

「これはもう、一匹ずつしか出ない。これからは根気がいるが、毎日取り出していくしかない」

「おえっ」

「もう一匹出たな」


そうして、百匹目の狐が吐き出されたとき、やっと営業部長は我に返ったそうだ。その月日は約三か月。

どうして狐が憑りついたか、読者にはもうおわかりだろう。

このエリアに、別の信仰が入るのを嫌った、のだろう。

代表はその後も分社を作ったが、笠間にだけは作れないと話していた。

稲荷神社自体は、秦氏の氏神が始祖で、神社の数は日本で最も多い。


その後、宗教団体の代表は六十代で突然亡くなられた。霊能力が高く、とても惜しまれた命だったが、彼女は死の直前にこうしたお告げを受けたそうだ。

「一度も聞いたことのない曲が流れたら気をつけろ。それは現世での音ではない。霊界の音楽だ。それが耳に聞こえたら、お迎えの合図だ」

と。

「代表（義母）と亡くなる前日にコンサートに行ったんですよ。子どもも一緒だったんですが、不思議な音楽でね。だけど何の曲で歌手が誰とかまったく覚えていないんです。その音楽自体も全く」

代表はお嫁さんと孫とのコンサートの次の日、台所でイチゴを洗いながら倒れ、そのまま帰らぬ人となった。


僕が初めて笠間稲荷神社の境内に入ったとき、社殿自体が狐様の顔に似ているなと思った。そして、幼少の時から好きな動物は『キツネ』であり、小学校の図工の時間には、クラスのみんなが犬や猫の絵を描くときには必ずキツネを描いていた。

そのせいか、境内にある様々な狐様の像が好きだなと思った。

ところが境内で写真を撮ってみると、無風にもかかわらず、髪が逆立っていた。

別の風が僕の体を通り抜けたのだろうか。

ここにある金色のお守りを買ってからは、仕事で良いことが続いた。

次に行ったときは、穏やかで髪の毛も逆立つことはなかった。

「お前、何者だ？」

最初の時はそんなメッセージも感じたが、今は温かく迎えてくれる。

本堂の外に行くと、大黒様も祀られている。大黒様のお守りも買った。

お稲荷さん＝商売繁盛、五穀豊穣、産業隆盛。

大黒様＝商売繁盛、五穀豊穣、富貴、縁結び。

と似たご利益がある。

お守りを買う、という行為は、神社にまつられた神様を信用して、寄贈するということだから、神様から見ると絶対に嬉しい行為には間違いない。

信じた者にしか得られないご利益は、神様のほほえみのもとにある。

僕は大好きな神社である。

四　弘道館　三の丸小学校の黒板

（水戸市）

旧水戸藩の城郭は、水戸駅から徒歩十分位の小高い場所にある。

江戸の古地図を見ると、現在の水戸駅も湖の下だったことになる。長い年月をかけて埋め立てたのだそうだ。

今も地形として標高が高い位置にあるのは、その名残だろう。

徳川斉昭公が作った藩校弘道館は三の丸全体が敷地であり、文武を教えた。十五歳で入学でき、なんと生涯学習ができる学び舎だった。天保の飢饉のあと、生活に苦しむ時期だったが、藩主は教育の道を選んだ。学問が心を安定させ、有益な人材を生むと確信していた。

現在も入り口の門が当時をしのばせる。

水戸三の丸小学校は、元は弘道館の敷地内になる。

イッチーさんが小学生の頃の話だ。

掃除の時間になり、教室の黒板を水拭きしていた。

ぬれた雑巾で黒板を拭くと、少し水気が残る。

イッチーさんが黒板を拭いたあとに、クラスの友人たちが騒ぎ始めた。

「おい、なんか変な絵が出てきてねえか？」

「ほんとだ！」

イッチーさんが振り向いて黒板を見ると、そこに見えたのは防空頭巾をかぶった女の子の姿だった。

「これは……戦争のとき被ってた……」

かけつけた先生が黒板を見て、唖然としていた。何人か先生が見て、それをどうやって消したのかわからないが、その後はその防空頭巾の女の子が現れることはなかった。

水戸城の辺りは昭和二十年八月に空襲の被害を受けている。空を埋め尽くすB29の爆撃や焼夷弾で、城や弘道館も燃えた。三百人もの犠牲者が出た。防空壕に逃げても焼夷弾が落ちて全滅することもあった。

黒板に現れた少女は、この近くの防空壕で亡くなった子どもだろうか。

イッチーさんの友人は、ある奇妙なものを見たそうだ。

同じく三の丸小学校での体験がある。

ある夏のこと、友人が大きなマフラーをしてやってきたので

「お前、この暑いのになんでマフラーしてんだよ？」

と聞くと、

「マフラー？　なんもしてねえよ」

と平然と答えた。よくよく見るとそのマフラーに見えたものは、大きな蛇だった。ぐるぐると友人の首のまわりに巻き付き、赤い舌を出しながら友人の首をギシギシと絞めつけている。

ぎょっとして、もうその友人を見ないようにしていた。

二時間目の体育の時間に、友人は高鉄棒をしていて、手が滑って首を挟むような感じで落ちた。大けがだったが、命はとりとめた。

蛇の呪いだったのだろうか。

五　笠間稲荷と氏神様と坂本九

笠間稲荷神社を愛した坂本九さんの話である。

佐白公園の前の道を佐白山頂上方面にあがると、山の中腹くらいに坂本九さんの実家がある。広い野原に小さな木造の家、もう誰も住んでいないせいもあり、朽ちた木造の家は荒涼とした藪や山の一部分になりかけている。その向かいには石段を上った神社が見えた。九氏のお母様が毎日自分の命と引き換えに、九氏の成功を祈った氏神様だろうか。命を引き換えにと願ったばかりに、九氏の成功の影に母の死があったという。

僕はその石段の途中までで足を止めた。どうにも本殿までは足が前にすすまなかった。ここも藪に覆われた自然の地形にできたつくりなので、石段も危険に感じたのだ。入り口には九氏の歌碑とレコード型の碑がある。

土浦での常磐線脱線事故で助かった坂本九氏家族は、この家に住み、笠間の繁華街に繰り出していたのだろう。芸者さんたちが練り歩く華やかな時代の笠間にいて、九氏は芸能の道での夢を描いたのか。

大草原の小さな家で、たくさんの兄弟と母の手一つで育てられ、苦労はいかばかりかとおもんぱかる。

しかし僕の目に見えたものは、あの笑顔のままの幼い九氏が洗濯物を干す母にしがみついたり走り回ったりする愛らしい家族の姿だった。

なぜ命を引き換えにしても息子の九氏の成功を祈ったか、それはこの実家を見に行ってもらえれば、わかることだと思う。

また、日航機墜落後、遺体の身元判別をした医師の関係者に会って話を聞いた。坂本九氏の遺体には、笠間稲荷神社のお守りが刺さっていたという噂話は、「遺体の近くにあったとは聞いています」とのことだった。

損傷のひどい遺体から身元を判別するのは、簡単なことではない。

「坂本さんは特別な治療跡があったので判別しました。歯の治療の跡で判別できたと聞いています」

こうした状況で本人と判別させるのは歯が重要になるそうだ。日航機の機長の遺体も、歯だけで判別できた。

「なぜ、歯だけでわかるんですか？　ひとりひとり違うとは言いますが、他でも見分けることはできないんですか」

「一銀さん、事故の遺体を見せましょうか、見たら納得しますよ」

見せられた別の事故遺体は、真っ黒に焼けた肉の塊に白い歯だけが突き刺さったようなものだった。歯しか焼け残らないのだ。

坂本九氏の御巣鷹山でのお墓は「九、いいね」の意味でついた数字の区画にある。笠間市では今も九さんを偲び、時間になると彼の曲が流れる。

生きたときも亡くなったときのことも、そのあとのことも、よく知る笠間のファンの皆さんが語り続けてくれている。

六　片野城と太田道灌

（石岡市）

太田道灌の四代後の岩槻城主の太田資正は、太田道灌をとても尊び、猛将だった。しかし、側室の次男を跡取りにしようとしたため、息子と家臣のクーデターで城内を締め出された。岩槻の入り口すべてを封鎖し、一度仕事のため外に出たお父さんが、家に入らせてもらえず、去るしかない状態だったと言うとわかりやすいだろうか。北条の傘下になろうとする息子を父親の資正が反対したため、政策の違いで追い出されたともいわれる。

資正は有能な武将には変わらなかったので、その後佐竹氏の客将となり茨城の片野城に住み生涯を終えた。二度と故郷に戻ることなく。

今は石岡市の田園に小さな五輪の塔があるだけだ。

石岡市にある片野城が、太田資正の居城であったことは知るところだが、その太田氏が元はどこの武将だったか、太田道灌の四代跡目だったことをご存知だろうか。

芳林寺の方丈、河津氏の話である。

太田道灌を祀る寺として名高いが、五代目の岩槻城主と母の銅像も境内にあったが、太田道灌の銅像を作ろうということになった。

東京の楠木正成像並みに馬に乗った猛々しい姿。岩槻の象徴ともいえる銅像であった。

太田道灌は江戸城も作った有名な勇将。

そして茨城の佐竹氏の客将となった、悲劇の四代目が石岡市の片野城に住み、愛息の次男、梶原政景は柿岡城に移り、共に国人の小田氏攻めを成功させた。

現在柿岡城址は柿岡小学校に石碑が残るのみとなっている。

河津氏は、寺に銅像まである五代目の母子と違い、片野城に追放された資正にせめてあいさつに行こうと考えた。特にこの資正が道灌を愛し、崇拝していたこともあるからだ。

石岡市の田畑の中にある石碑や五輪の塔、城跡を拝み、

「太田道灌公の銅像を岩槻にて建てますので、どうぞお許しください」

のような内容で墓所にあいさつをした。

盛り立てた岩槻城には、生涯戻れなかった資正のことを考えての行動だった。

平成十九年の落成式の時、檀家さんを集めて銅像の横の敷地で、一流料亭からの食事を並べ、いざ食べようというときだった。

青空が急変して雲が沸き上がり、雷と共に大豪雨、大嵐になってしまった。大急ぎで料

理を片付けたが、式典は台無しになってしまった。

これはやはり何かの祟りがあるのでは、と河津氏は心配した。しかし、関係者からこう言われた。

「これは神様からの啓示で、何か良きことが起きる前兆のようなものだ」

と言われて安堵したそうだ。

その四年後、東日本大震災が起きた。本堂は崩れ、大変な被害になったが、この道灌の銅像だけはびくともしなかった。


震災の直後は、埼玉の上空の北に真っ暗な雲が現れた。

このとき、奇怪なことが起きた。

境内にある無縁仏の墓石を集めた場所の一番上に大きな観音様がいる。

それが首だけぐぐっと北を向いたのだ。石像がひび割れもなく、北の方角に顔を向けたのである。

また、境内には六地蔵があったが、それも倒れた。首も折れて生首のような地蔵首が落ちていた。

不気味なことに、体は別方向に倒れているのに、地蔵首の顔はすべて北を向いていた。

北はまさに震災が起きた方向でもあり、津波の起きた茨城の沿岸部を向いていた。震災が起きた時刻から約一時間後、あの悪夢のような大津波が起こった。北で起きる更なる惨事を予知していたのだろうか。

太田資正は洞察力に長けており、北条氏の無血開城を秀吉に進言した。果たして進言した通りになった。もしや資正は、自分の行く末も予知できていたのかもしれない。茨城の地で生涯を終えることも。

片野城跡　八郷地区根小屋の中世の平山城である。主郭（本丸）は三メートルに及ぶ土塁に囲まれており、そこを中心として曲輪が南北六百メートル以上にも連なる巨大な様相を残している。城内には堀や城の出入口で戦争時には激戦区となる虎口、城内から打って出るときに馬や兵を集合させる馬出しと思われる遺構も存在する。

城主で最も著名なのは太田資正であろう。県指定文化財の八幡神社「排禍ばやし」や市指定文化財の七代天神社「代々神楽」を奉納したのも彼といわれている。（石岡市ホームページより抜粋）

七　大洗磯前神社

（東茨城郡大洗町）

前作「茨城の怖い話」で登場した戦艦模型の作家の話である。

大洗の海にひときわ目立つ鳥居がある。『神磯の鳥居』と呼ばれる。

海岸に立つ鳥居は海難を防ぐ結界となっているようだ。そしてすぐ近くに道幅いっぱいの鳥居がある。二の鳥居をくぐれば、石段を上がると神社の社殿に着く。車で上がる場合は、一の鳥居から入るといいだろう。

作家の祐司さんは、海岸にある神磯の鳥居をじっと眺めているのが好きで、よくここを訪れた。夜中に来て太陽が現れるまで見ていたり。小高い位置にある本殿の方には、まだ行ったことがなかった。

「大洗のこの鳥居に朝陽が上がってくのをよくドライバー時代に見てたのよ。深夜の運転が多かったんだけど、福島から都内に物資運ぶときも高速使うと高いからさ。下道《ゲタ》使ってのんびり海岸線走ったりな。それはそれでよかったけど、たまに変なもの見ちゃったりしたよ。水死体みたいに膨らんだ肌色のもんが打ち上げられてたりでまあ俺は幽霊の類も嫌いじゃないが、やたら死体に遭遇するんだよ。俺の目の前で事故って、バイクのヘルメットごと飛んでったりな」

「ヘルメットが外れたんですか？」

と聞くと

「ヘルメットごと首が飛んだんだよ。胴体からブシャーっと血が吹きあがってさ。もうそれは思い出したくもねえけど、何度も見たよ。一気にガソリン引火して丸焦げの遺体も。死ぬと体が胎児みたいに縮こまってさ」

「怖くないんですか？」

「怖いさ。しばらくは夢に出るしな。事故見て思いっきり吐いたこともあった」

祐司さんは霊感体質もあったのか、人か霊かわからないものもよく見るようになっていた。

「それで、もう車回してても変なもん見るし、俺まで事故に引き込まれる気がしてさ。結局深夜に動くから、幽霊みたいなもんも見るんだよな。一度、おんなじ場所に花があるなと思って見てたら、目の前から急に単車が出てきて、急ブレーキ踏んだんだよ！『ぶつかる！』ってな。ああ、国道6号線だよ。こっちじゃ有名な場所だ。ガシャンって行くかと思ったら、何もなかったんだ。急ブレーキかけても間に合うようなタイミングじゃねえんだよな」

「バイクは大丈夫だったんですか？」

「それが、バイクなんかいなかったのさ」

「というと?」

「バイクの幽霊さ。だけどあの瞬間はあっちこっち縮こまったさ。やっぱ事故の瞬間はおっかねえよ。事故多発地帯だから、バイクとか車の霊も出るんだろ。けどな、このままドライバー続けてたらよくねえなと思ったんだ。いつか俺も向こうの世界に引っ張られちまう。それで趣味でやってた戦艦模型で身を立てようと思ってな」

そのころは、模型作家というよりも、模型作品をネットで販売して、やっと安値で買ってもらえるような状況だった。子どものころから好きだった模型で飯を食おうと思い立った頃。

「そんなに商売は甘くねえからな、最初は何千円くらいでしか落札してもらえねえし、あの世界もライバルが出てくるから足の引っ張り合いだ。新人の俺が高値で取引されたってなると、古参の作家がわざと俺の作品を買うのさ。そんでクレームつけたり、2ちゃんねるなんかで風評立てるのさ。正直、レビューなんかで悪評つけてくるのなんて、同業者だからな。わかっちゃいるけど、その時は腹立ったな。でも安値にしかなんねえときは食うのも困ったさ」

そして一人の師匠に出会い、様々な技を教えてもらうことになった。

「厳しい師匠でさ、だけどこの人に教わったら全然売れ行きが違ってきたんだ、特に海のうねるような波、これができるかできないかで人気が違うんだよ」

戦艦の模型は、単純に船だけ作って色塗りすればよいわけではなく、その船が海を行くように板に海の色と立体的な波をつくらねばならない。

この技術は特別で、その師匠くらいしか当時はできる人がいなかった。

「最初に師匠の軍艦と海を見た時には感動したなあ。水しぶきもそうだし、波もそうだ。船には海があって初めて生きるんだなと思ったよ。しかし厳しいというか、変人でもあったんだ。俺も違う意味で変態だけどよ」

その師匠は『死体を見るのが好き』だった。だから祐司さんの怖い話を聞いては喜び、興味を示してくれた。

「俺が死体の話するたびに目が輝くんだよ、どんな色してたかとか、血はどれくらいで肌は何色だとかね。結局、俺だけしか弟子にしなかったのは、そういう意味で俺に興味があったんだろうな」

「まさか、それだけで弟子にしないでしょう?」

「いや、ありえるよ。変なんだよな。事件現場行くのは俺も興味あるけど、その師匠はやたら行くのさ。特に火事現場の焼死体とかより、血がどばっと出てるような事故やら事件のところだね。この人、アル中かと思ったんだよ。けど、その人は酒もタバコもやんねえんだ。ただ、趣味が死体のぞきなんだよな。だんだん俺に教え方もハードになってきて、正直「いつかこの師匠に殺されるために俺がいるんじゃないだろうな？」って思ったさ。そんな頃かな、俺がドライバーのころからよく見る夢を話したのさ」

彼のよく見る夢はこうだった。

「誰かを穴に埋めてるんだよ。で、工事用のスコップでブスブスとそいつの腹や胸を刺しまくって殺してるんだ。血と土がからまったような独特の色合いでさ。土をどんどんかけて埋めてるんだ。それがとにかく生生しくって、普通の夢じゃねえんだよ。しかも何度も同じ夢を見るんだ。殺す感情は何もねえんだ、ただこの人を急いで埋めなきゃって焦りだけ」

夢か現実の記憶かわからないくらいにリアルだったようだ。

「それでさ、何度か見たあとに、茨城新聞だったかな、載ってたんだよ。生き埋めにした事件がさ。工事現場だったと思う。新聞だとそこまでリアルに書けないんだろうけど、これは正夢だったんだと思ったね。でも事件はもう一年くらい前の犯行で、遺体が見つかったから発見されたんだよね。俺が夢を見たのは事件から一年近く経ってたから、正夢というのはどうかわかんねえけど」

しかしなぜ、祐司さんの夢にその人たちが出てきたんだろうか。

「で、その話をしたのさ、師匠に。そしたらこう言った。『お前とどこかで縁があったかかわからんが、おそらくその殺された側の、埋められた側の霊が、お前に憑りついたんだろう。そういう道を走ったり、辻のお地蔵さんなんかに手を合わせたりしなかったか?』とね」

「お地蔵さんはよくないんですか?」

「まあ、そこが事故多発地帯ってのもあるし、霊が出るから慰霊のために置いたりするよね、詳しくはわかんねえけど、俺は拝むのは好きだからそうかもしんねえな、と思ったんだよ。そのあとさ、師匠が磯前神社に行こうっていいだしてさ」

「なんで行ったんですか?」

「ちょうど俺が軽巡洋艦の『那珂』を制作中だったのさ。で、形はよくできてんだけど、師匠がやたら言うのさ、『魂が入ってねえ』って。その師匠はそうなんだよ、全身全霊かけて作品を作れっていうんだ。いつ死ぬかもわかんねえし、最期の作品と思ってなんでも作れ、高いも安いも関係ねえって。そりゃあすごい形相で言うし、毎回いいのを作るんだよ。一筆入魂ってこんなこと言うんだろうなあ。俺程度じゃ海の描写もうまくできなくてさ、師匠が、『那珂が太平洋の海に航海する姿を想像で描くな、海も実物も見ろ』っていうから、磯前神社にある那珂の石碑を見ようってことになったのさ」

磯前神社には『那珂』の慰霊碑がある。また、駐車場近くには船の錨も奉納されている。海を見つめ、安泰を司る神様がおられるようだ。

「あの磯前の鳥居は知ってたからな、大洗は何度も行ってるけど、上まで行ってみたことはなかったから。境内から見える鳥居からの太平洋は、全然眺めが違うんだな。遠くに船が走ってるのが見えた。そうだな、軍艦は沖を走るんだ。俺がドライバー時代に見てた手前の海岸線なんか、船がたどり着く場所であって、大海を渡る姿が重要なんだなと、師匠は何も言わねえけど、それが言いたかったんだろうなって感動してたんだよ」

「よかったですね！　じゃあそれからは順調に海の絵が描けるようになったんですか？」

「それがなあ、その神社の境内でまた例の夢の話が頭に渦巻いたんだよ。なんでか、昼間で目も開いてるのに、またスコップで背中を刺してる自分の姿が。師匠にもそれを言ったら、かなり怒られてな……『こんないい場所に連れてきてるのに不謹慎だ！』ってな。今思うと失礼な話だろうけど、師匠は死体の話も、俺の怖い夢の話も好きだったから、間をもたせようと話したつもりだったんだけどな。そこで喧嘩になって、『あとは教えない、もう自分で見たものでお前がやれ！』って帰っていったんだよ。俺も何に怒ったのかわかんなくて、かなり頭にきたよ。ひっこみつかずの『今後は自分でやります！』って言ってね」

「じゃあ、それからは自分で制作してるんですか？」

「ああ、物理的にも師匠から教えてもらえなくなってな」

「物理的に？」

「それから一か月後だったんだよ。師匠が家で自殺したのさ」

「えっ」

「自殺の仕方もひどかったんだ。家族には『自分の内臓が見たい』って言ってたらしいけど、部屋で切腹してたんだ。しかも血だらけの腹から臓器取り出すつもりだったらしくて、腸が飛び出てた」

僕は言葉を失った。

「すげえ痛かったと思うよ。サムライがなんで切腹のあとに介錯して首はねてもらうかわかった。出血多量で苦しいだけでいつまでも生きなきゃいけない」

「その……おいくつだったんですか？　師匠は」

「まだ四十五歳だったかな」

「ご家族もショックでしたよね」

「まあな、でもその一年後に家が全焼して、どうなったかわからねえな。師匠も独身だったから、お墓なんかも荒れ放題なんだろうな、一家全員死んだよ」

さらに言葉を失った。

「自殺の理由はなんですか？」

「俺が思ってたより悩みがあったんだろうな。制作にも命懸けだった分、自分にも厳しかったし、死ぬ前は、海が描けないと家族には話してたみたいでさ。けど俺は、あの喧嘩のときに、正直『いい気になるなよ』って思っちまった。尊敬する師匠なんだけど、どんなに技術あってもこの性格じゃあな。『とにかく今はこいつから離れたほうがいいな』って直感があってな、悪いけど、それだけ嫌な感じだったんだよ」

「制作のストレスがあったんですかね……確かにもし一緒にいたら自殺じゃなく心中もあり得ますよね」

「それは確かにそうだ。しかし死んだら意味ないよ。何枚も捨てられてた海の失敗作がお棺に入れられてた。どれも悪くなかったけど、本人は気に入らなかったんだろう。けど、棺に完成の制作物入れられててわかったけど、その作品残すとか必死で本人が言ってても、わかってない家族がいると、全部遺体と燃やされて消えちまうんだよ」

「そうですね……師匠の作品はもらってこなかったんですか？」

「うーん、家族にも俺に渡したいとは言われたけど、あの師匠の念の入れ方見てたら、受け取ったら怖い気がしてね。かといって、百万くらい値打ちがするからって売ったら、もっと恨まれそうだしね。落ち着いてから作品を見せてもらおうと顔出そうとした矢先に家が燃えて、作品は全部燃えたね」

「そうだったんですか……残念ですね」

「そのあとさ。変なんだけど、俺も死体を見るのが好きになって、事件があれば行くようになっちまったんだ。そして、海を描くときも師匠が後ろにいて指導してるみたいに勝手に自分が持ってる筆が動くんだ。特に海は色が大事で色んな色を混ぜ合わせて作れるんだが、それも再現できるようになったんだよ」

師匠の霊が祐司さんを動かしているということか？

「それとも違う。確かに、師匠の思念みたいのは感じるよ。けど、師匠はそのときはまだ死んでなかった。喧嘩したあと、見よう見まねで作った海が大成功したんだよ。もしかしたらと思うんだが、俺が見てた夢の被害者が、最初は俺に憑りついてたが、あの神社で師匠の方に憑りついたんじゃないかと思ったんだ。二人に憑りついてた霊が入れ替わった。だからあの時の師匠は雰囲気が全く変わってしまったんだと思う」

霊が入れ替わる。ということは、今の祐司さんには師匠についていた霊が憑いたということだろうか。

「師匠についてた霊がどんなんだかわかんねえけど、すげえ腕がある作家の霊には間違いねえ。師匠もこの霊がいたから描けたんだろう。とにかくこの海を作れるのは師匠だけだったんだ。俺が磯前神社から海見て『那珂』に手を合わせて作れるような代物じゃねえんだよ。だからさ……普通じゃねえのさ」

祐司さんはまたタバコに火をつけ、日本酒をあおった。

「この制作のときはな、酒とタバコが手放せねえ。せめて女でも抱いてられたらいいんだが、仕事に没頭すると女は寄り付いてくれねえし、同棲した女も借金だけ残して、狂って出て行った。今はそういう意味で人生は制作だけになっちまったな、けど命かけてまで制作するって根性はないぜ」

酒は邪気を清め、タバコは霊を煙で追い払うという。

「けど、入れ替わったなら、あの怖い夢見ないかと思ったらそうでもない。今は殺す側の心理がなんとなくわかって猟奇的にまたスコップで人を殺して血だらけにしてきれいに土をかぶせてるよ。二人の霊が憑いてんのかもな」

自殺した師匠は酒もタバコもやらなかった。だから祐司さんについていた霊を祓えなかったのだろうか。

人は埋めたい嘘や口封じしたい人がいると、そんな夢も見ると言うが、彼のように技術の才能まで入れ替わった例はめずらしい。

今日も山盛りになったタバコと日本酒の瓶が置かれた制作室で、繊細な作業を続けている。

「この前は作った水兵のフィギュアがなくなったんだよ。それは軍艦とセットだったんだけどな。仕方ないから別のを作ったさ。いまだに見つかんねえよ。誰も入らない部屋なのに、そういうことはよくある」

そう言ってふかした煙草の煙が、ゆっくりと彼の頭上を渦巻き、天井に昇っていった。

「勝手に歩いて出ていったのかもな。俺じゃいやだって言ってさ」

と、つぶやき、笑っていた。

八　皆殺しの村～小生瀬村伝説

（大子町高柴）

大子町の国道を袋田の滝の方面に走り、山道を抜けてさらに国道461号線を通り小生瀬の十字路を超えると左側に『地獄沢入り口』の看板が見える。

その立て看板の道を上がり、道なりに進むと数軒の大きな農家の屋敷が見える。細い道をそのまま進むと、元の国道に戻ってしまう。どうしてもたどり着けない。再度、道なりの最初の屋敷の住民に話を聞いた。

「すみません。地獄沢へはどういけばいいでしょうか？」

九十歳を超えるおばあさんが軒下に座っていたので道を聞いた。

いつものようにプロ同行者の会田さんも一緒だ。絵に描いたような、にこやかな普通の雰囲気なので、相手が警戒しないのはうらやましい。

僕だとギラギラとした好奇心の目を見抜かれて、相手が警戒するのがオチだ。

「地獄沢はこの前の道を行った先だよ。もとは田んぼやってたから、今はもうやってねえから藪だらけだから誰も行かねえよ。バスの観光もここまで来るけどその先まではいかねえ」

小生瀬村の人たちが逃げ込んで、長老が命乞いの嘆願をしたのが嘆願沢、その次に首塚、胴塚、殺した刀を拭くため洗った刀拭沢と物語のように地名が残っている。

逃げ込んで隠れていた村人を全員皆殺しにした奥地の沢がある場所が『地獄沢』である。

しかしおばあさんは意外なことを話し始めた。

「隣の小生瀬の人らが逃げ込んできたんだけどよ、だーれも助けてやれんかったんだ。役人にたてつくわけにはいかねえし……助けてくれって、最初はこの家に頼んでこられたんだそうだけど、家に入れんでなあ」

「えっ、ここは小生瀬の村じゃないんですか？」

「違うよ。ここは高柴の部落だ」

「ということは、隣村の人がここに助けを求めてきたんですか？」

「そうだよ」

僕は少し混乱した。ネットや小説などで読むと、「小生瀬村の避難場所として逃げ込んだ沢まで追いかけた水戸藩の足軽たちが、袋小路になった地獄沢で無防備な農民を皆殺しした」という定説ができていたからだ。

「ここは高柴部落、その逃げ込んだ沢は、小生瀬の土地じゃないんですね？　避難場所としていたんじゃないんですね？」

「だって、ここは高柴の土地だもの。それにそこの沢はもともと田んぼだったんだよ、小さいけども。その奥がそうだって言われてるけど、この前まで田んぼにしてたっぺ」

となると、隣の村人がとにかく逃げてこの地域に入り込み、田んぼしかないような沢なら身を隠しやすいと思ったのだろうか。

「わしらはここに嫁に来てるから詳しくは知らねえけど、逃げ込んだ人らはみんな殺された、小生瀬の村の人はずいぶん減ったって話だ」

「全滅と聞いてたんですが、残ってはいるんですね？」

「少しは残ってたんじゃねえかね」

衝撃だった。皆殺しと聞かされていたが、古文書にもそういう明記があったが、それを書いたのはその二百年後くらいであり、史実から当時の寿命でいけば四代あとの人が書いたことになる。

つまり、この皆殺しの村自体が、みんな殺されたわけじゃない、でもあるし、すぐ隣の高柴部落では死人はいないわけだ。

「実はネットでの噂では、小生瀬村の住職が役人の手引きをして、この沢を案内したという話があるんですが、ご存知ですか？」

「そんなのは知らねえなあ」

道をはさんですぐ隣村の住人が知らないことは、伝説とは違うことなのかもしれない。生き残った数名が、村人を死に場所に案内したことになっているのかも。そのとき会田さんが面白いことを言った。

「海生さん、もしもですよ、村人が皆殺しになってるならお墓もないってことですよね。誰が墓守りをしたんでしょうね」

確かにそうだ。お墓もなく、首塚、胴塚とバラバラの村人の遺体を埋めた場所がこの先にあるわけだが、そこをお墓として終わらせているはずはない、なぜならここは隣村の敷地しかも田んぼがあるような利用価値ある土地なのだから。となると小生瀬集落の墓は全滅後の後にしかないのだろうか。

そもそも村を全滅にしたら、土地を耕す人がいなければ検地のあとの米が作れない。十月十日という、稲刈りが済んでいる時期に狙いを定めたのは、小生瀬の収穫した新米ごと取るつもりだったのか、推理は尽きない。

話を聞いていると、おばあさんが

「お茶も出さねえで済まねえなあ。干し芋があっから、持ってくか?」

と、自家製の干し芋を取りに中に入って、ラップに包まれた数本入りのあめ色のおいしそうな干し芋を持たせてくれた。

大きな母屋と納屋のある農家の作りで、苗字を見るとこのあたりの地主さんのような気がして言った。

「この辺りの農地を全部耕すのは大変そうだけれども、小作人を使って作業されていましたか?」

「そうだね、人を雇ってた頃もあったね」

やはり、江戸の昔からの地主さんに間違いなさそうだ。

「だけど、気をつけてな。奥までいくととても歩けるとこじゃないし、藪だらけで誰も行かん。観光のバスなんかも来るけど、だいたいここまでで帰るみたいだから。奥は蛇なんかも出るから気をつけてな」

「ありがとうございます。ちょっと行ってみます」

優しいおばあさんは、笑顔で見送った。

そして、我々が家の敷地を出たあと、背中越しに窓を閉める音がした。

干し芋は会田さんが持ってくれて、いよいよおばあさんに教えてもらった道なき道を行く。曲がりくねったアスファルトの小道でなく、坂道を上った先の空き地をまっすぐ林の方に向かって歩く。

元田んぼというだけあって、湿り気の多い雑草の短く刈られた道が、僕の歩みを止める。

地層がそのまま見えた高い崖と迫りくる雑木林の圧迫感。

高台を歩いているはずなのに、低地を歩いているような感覚になる。

奥に井戸があり、建物らしいものはそれくらいしかなかった。この位置からさっきの家があるほうを見ると、向こうがやや高台になっていて、もし稲穂があればしゃがんでいれば道から見ることができないだろう。

十月十日の稲刈り後なら、稲穂に隠れることができないわけだ。

その時に沢の方向を背に自撮りをした。これが一枚目の写真だ。

後でよく見ると、光が差した後ろに、モンペを着た農作業服のような女性や男性が立っている。古い家族写真のように、複数人が僕の方を見て立っている。

僕の目にはその霊は見えなかったが、写真に写っていたから間違いない。

この時の状況は、前日からあった左の首の痛みに加え、武者震いなのか寒気のようなものをひんやり背中に感じていた。

いよいよススキの穂に藪だらけの場所に出た。足元は相変わらず湿り気があり、落ち葉に敷き詰められてより深く足が沈む。

これより先は、まるで鉄線のように藪が垂れ下がり、軍手や登山用の恰好でもしていないと、ダウンコートにブーツとジーンズくらいでは、進めるものではない。そして何かとても足元が不安だった。

　どこかのタイミングで大きな穴があり、落ちてしまうんじゃないか、という予測不可能な土のやわらかい感覚だった。

　ついにここまでか。背丈以上もある藪が通せんぼをするのと、足元の不安、そしてあと三十分後に予定していた本山寺へのアポ。

　ぐいぐいと進んでいた僕の足が止まった。

「海生さん、どうします？　これ以上は行きます？」

　ふいに会田さんが声を掛けた。彼はいつも僕の後ろをついてくるスタイルだ。

「いやあ、どうしようかと思ってね。次の予定もあるから……本山寺まではここからどれくらいかかりますか？」

「混まなければ三十分ですかね」

「じゃあもう行かなきゃ……ここまでかな。今、どれくらい来ましたか」

　スマホのグーグルマップで位置情報を出そうとするが、全く反応しない。さっきの道ある道ではきれいに出たのだが……どこまでの奥地に行けたのかわからない。沢ならば小川が流れていなければおかしいのだが、見渡す限り荒野と、戻るか進むか以外は崖と林に囲まれて、逃げようがないような場所だ。

「電波が弱いみたいですね。本山寺に行きましょう」

写真を撮っていると、首の左側だけ痛かったのが、右側まで痛くなった。重力がかかるというか、新幹線などに乗ったときにかかってくるような痛みだ。耳なりもしてきた。車酔いのような症状だ。

ここだけ重力が1Gでなく1．5Gくらいあるんじゃないだろうか。

振り向いて話していると、会田さんが言った。

「海生さん、顔が変わりましたね」

「今ですか？　どうなりました？」

「顔がまんまるになってます」

慌てて自撮りの写真を撮った。霊気ボルテージの高さを計るときは、自撮りをしている。時空が変なのか、顔が伸びたり曲がったりして写るという特徴がある。

その時の写真がある。確かに顔がまんまるに腫れている。

持ってきた二連の本サンゴの数珠を手にはさみ、手を合わせた。普段は手を合わせない。それは容易に手を合わせると、霊が頼りたくてしがみついてくるからだ。しかし手を合わせずにはいられない場所では、こうして数珠を間に入れて祈る。

その後、向かって歩く会田さんの写真を見るとここまででやめようと思った先に、立っ

て見ている霊と、紋付のような着物を着た人が座っている霊が崖に写っていた。

後で航空写真を見て気づいたが、その場所こそ嘆願沢のようだ。その先が首塚だろう。

ほかの霊能者の先生に見せると、とんでもない怨念のにらんだような顔が見ている、これから先に行かなくてよかったね、と心配をされた。足元にはたくさんの生首が転がっているとも言われた。また、会田さんが見つけたのだが
「海生さんの横顔を撮ったんですが、頭が二つありました。これが顔に憑いた霊かもしれません。顔に憑いたから、丸くなったんじゃないでしょうか？」

言われてみると、自分の中に変化が起きたのは肩から上だ。

肉眼では見えなかったが、白昼からこれだけの写真に写りこむのは、めったにない。とんでもない霊気と怨念の土地だと感じる。

その後、本山寺に行くまでの間、どうしても調子が悪くなっているので、何か食べようとコンビニで買って食べた。コンビニもかなり走って一軒程度だ。

少し元気になって本山寺で住職と話していたら、会田さんが言った。

「不思議ですね～本堂のお線香の煙が、ぜーんぶ海生さんの方に漂うんですよ。エアコンが入ってるのかなと思ったけど、それならもっと奥に行くしね。煙たくなかったですか？」

ていたせいか。

と言うのだ。確かにやたらお線香の香りが強い寺だと思っていたが、自分にすべて漂っ
「あとね、帰ってから気づいたけど、あの日の海生さんの食欲は以上でしたね。一日一緒にいて三回も大盛で食べてましたよ」

多分、あの沢で「寺に行く」と言ったので、供養されたい人々が僕についてきて、食事もしていったのだろう。線香の煙は供養されるときと、除霊のときに効用があるという。

そして餓鬼霊（供養されない霊）の供養、施餓鬼では、供え物として食べ物が置いてある。本山寺の本堂では手厚く、たくさんの食べ物が置いてあった。

それと、高柴の農家で受け取った干し芋も意味があると感じた。

道を聞いた初めて会う旅人に、食べ物を渡してくれる高柴の集落の人々だ。

そして、四百年も昔のことなのに、助けられなかったことを悔やんでいる。


いくつかのパズルのピースがそろうように、歴史の謎も解けてみえた。隣村に逃げ込んだ小生瀬村の人たちをかくまうわけには政治的にもできなかったが、田んぼの奥の沢に逃げ込めば、真っ暗で逃げることもできる。

夜明けになり、ほとぼりがさめたら、食事を渡すこともできるし、しばらく隠れること

もできるから「そっちに行け」と案内したのかもしれない。確かに行き止まりのような場所だが、とにかく広く、真っ暗な夜にこの場所にいた全員が四百人だとしても、戦車でも使わないかぎり、白兵戦で全員を刺し殺すというのは不可能だ。

もしかすると、隠れ切り、夜が明けて生き残った人々はいたのではないだろうか。そして、時々食事を差し入れていたのでは？

生き残った村人は感謝し、後々高柴の人たちが悪く言われないように、生きていない人間、裏切り者の住職がいて後に村人に殺された、という話をでっちあげたのではないだろうか。裏切り者も殺されたら、事実を伝える人がいない。

僕の推理が間違っていなければ、ここで全員殺されたという話が逸話として残ることで、当時の新参者の徳川家が権威を保てるのと、その後に増えた百姓一揆に対して、見せしめになるような地獄の逸話をさらに盛った、そして時期を曖昧にしたのは、村人惨殺の話が大きくなりすぎて、誰がこの地を知行していたか責めに合わないように、昔話は昔話だとしたかったのではないだろうか。

徳川頼房が初代藩主になるが、その前の藩主の時にするほうが好都合でもあるからだ。

今、これを書きおろして、本当に肩の荷が下りた。ここまでまとめるのにこうも苦労したことはない。本当の供養は、優しい言葉をかけるわけでもない、心によりそうことでも、おいしいものを代わりに食べてあげるでもない。

亡くなった人々の声を聴くことだ。それを生きた証として記すことだ。


一六〇九年（一六一八年）十月十日の夜、かねてより問題があった小生瀬の村を水戸藩士が襲撃した。年貢の取り立てによる役人を殺したことが引き金だが、当時は関ヶ原の戦が終わり、徳川家が統治のために従来の領主の佐竹氏を秋田に移封したころだった。

この地獄沢に逃げた住民たちを次々と殺し、女子供まで虐殺した。

首が転がって、それを埋めた場所は『首塚』と言われ、切り裂いた胴の部分を埋めたのが『胴塚』血や肉で汚れた刀を洗ったのが『刀拭き沢』であり、長老たちが住民を殺さないよう嘆願したのが『嘆願沢』である。


当時は領民も百姓といいながらも土地を持ちながら領主の戦闘に加わる、半農半士でもあった。江戸時代の『士農工商』の順位、農民の位が高いのは土地を持つ意味合いも含めて、高かったようだ。

佐竹氏の秋田まで着いていくとなると、土地持ちの武家は百姓として従来の土地を守り耕すことに従事し、大半は水戸藩の領民になったようである。

幕末の天狗党の乱のように、内紛が起きたのはこの皆殺しの村の村人の怨霊がそうさせた、という説もある。

読者の皆様はどう思うか。

僕は、佐竹氏の家臣と徳川家の家臣との家の格と役が、長年変わらないものであれば、維新目前に時代が変わるとなれば、当然起きた下剋上的な意味合いでの内紛ではないかと思うが、怨霊であればそれもまた興味深いところだ。

九　佐白山の恐怖体験

（笠間市笠間）

笠間市にある『佐白山』は標高百二十八メートルの小高い山だ。遠い昔、山頂には笠間城がそびえていた。この山自体が城であった。

歴史を紐解くと、戦国時代は笠間氏の居城から始まる。その後、関ケ原の戦いの後から蒲生氏、松井松平家、小笠原氏、戸田松平家、永井氏、浅野氏、井上氏、本庄氏、そして再び井上氏、最後は牧野氏で明治維新を迎えた。藩主がこうも代わる城と言うのはかなり珍しい。現在の城は石垣や土塁、溝の遺構が残るだけとなっている。

城壁マニアの鈴木さんはこの遺構を見るために山頂まで登山することになった。彼は城跡が特に好きで、全国を廻っていた。なんといっても戦国時代にはあの上杉軍に十度攻め込まれても落城しなかったという名城、名山であることも興味深かった。

今にも雨が降りそうな、どんよりと曇った日だった。
千人溜の駐車場に車を停める。

山道を上がると石階段があり、そこを上がると石垣など城の昔を髣髴する遺跡がある。あちこち写真を撮りながら、やや急な階段を上る。昔は車が通ることができたが、車一台がすれすれに通る程度の幅である。トンネル内でクラクションを三回鳴らすと死ぬ、など噂がある。

近くに玉滴の井戸と呼ばれる古井戸があった。山城ならではで、この山には他にいくつか古井戸があるのだ。

そして、その井戸を覗くと「神隠し」に遭うと言い伝えがあった。

鈴木さんはどこの山城に行っても、そういった迷信は信じない。ただ、その山の石や記念になるものは持ち帰るようにしていた。きちんと手を合わせて頂く分には大丈夫だ、と周りの愛好家にも話していた。

当然、玉滴の井戸にも手を合わせ、写真を撮った。近くの石を拾いリュックにしまう。ここに井戸は屋根があり、井戸に蓋をされているのだが、誰がやったのか血のように赤い塗料が塗ってある「血塗の井戸」と言いたいのだろうか。

その先を行くとトンネルがあった。一般的に笠間トンネルというものだった。

天井が低く、奥がよく見えない。中に入ると自分の足音が反響しているのか

ザクザクザク

と歩く音がする。どうも大人数の足音だな……と思ってふとトンネルの先を見ると、うなだれた人の姿が見えた。白くぼーっとしているが明らかに人が立っている。

（誰だ……いや、変な奴だと怖い。無視して行こう）

こわごわトンネルを急ぎ足で出た。そして、そっと振り向いてみた。

誰もいない。

（良かった。見間違いか、壁の落書きだったかな……）

鈴木さんは走ってトンネルを通り抜けて出た。もしかしたら落書きを見間違えたかもしれないしな……と、そのことは考えないようにして先を歩いた。

歩くにつれ、背負っていたリュックが重く感じた。取った石はそう大きいものではないのに、何が重いのだろうとリュックを降ろし、中を見た。

特に何も重いものはない。

疲れからか心臓の鼓動が早くなっていた。山頂とはいえ空気が薄い訳でもない。ただ何となく息苦しいのだ。

こんなところで心筋梗塞などになってしまったら大変だ……と鈴木さんは焦っていた。

念のため、奥さんに「少し心臓の調子が悪い……」とメールを書いて送ろうとした。


その時、下から登ってきた人がいた。杖をついたおばあさんだった。

「すみません……ちょっとお水をもらえますか？　のどがカラカラでね……」

鈴木さんは生汗をかきながらもおばあさんに水筒を渡した。

そのおばあさんはゴクゴクと全部飲み干してしまった。

（このばあさん、全部飲み干しやがった……）

苦しくて声が出せずにいた。頭も猛烈に痛い。水を飲みたいのは自分なのに……鈴木さんは釈然とせずおばあさんを見ていた。

「すまないねえ、全部飲んでしまって。代わりにいいこと教えるよ。あんたのリュックにしがみついてる男がいるね、重たかろうに」

「え？　僕のリュックに？」

やっと鈴木さんは声が出た。

「そうだ。あんた、拾っちゃいけないもの拾ってるね。それに撮っちゃいけないものも。この山は悪い奴には崇り渡すんだからな。そのしがみついてる男もここで死んだ霊だよ」

鈴木さんは、さっきの井戸で拾った石を思い出した。

「いや、でも単なる石っころですよ……」

その瞬間、鈴木さんは杖で背中をドンっと押された。

急なことで、よろめいて倒れた。見えた先は崖のように下が見える場所だった。

「何すんですか……」

「棄てねえと大変なことになんべ」

おばあさんの声が響いた。頭に来て、立ち上がるともう誰もいなかった。

「おい、ばあさん！」

声を上げたが、人の気配はない。そんなスピードで動けるような婆さんじゃない……鈴木さんは激しい動悸を感じつつ、とにかく急いで下山した。拾った石をその場所に置いて、駐車場へと降りた。

車に乗ってようやく家に着くと、安心して眠れた。後日、心臓も検査してもらったが、一過性だろうということで特に治療することはなかった。

後で写真を現像してみたが、特にこれといって何もなかったが、写真を見た奥さんが叫んだそうだ。

「井戸の後ろの藪に人の目が映ってる！」

よく見ると写真全体は霧がかかっているが、きれいに晴れた部分が二つあり、まるで人

の目のようだった。じっと監視するような目だった。

あのおばあさんが何者だったのか。

杖で突かれた背中には、まだ跡が残っている。

余談だが、あのトンネルの先では浮浪者の遺体もあったそうだ。

鈴木さんは今までの城郭跡で拾ったコレクションをお祓いしてもらうことにした。驚いたことにその多くは「置いておくと危険な霊気がある」と言われ処分されてしまった。

コレクションの中には「拾ってはならぬ」怨霊がついているものもある。それが石でも、建材でもだ。


佐白山の佐志能神社はなぜこの笠間城の跡地に置かれたか。

それは築城の前はもともとここに神社があったからである。

つまり築城の際にこの神社は一度「黒袴」という場所に移動させられている。城が無くなったので元の位置に戻ったままでだ。

この山の祭神である豊城入彦命《とよきいりびこのみこと》と建御雷之神《たけみかづちのかみ》と大國主神《おおくにぬしのかみ》の三柱を祀っていたことから三白《さんしろ》権現と呼ばれ、それがさしろ、さしのう、という呼び名に変化したと言われる。

この山の主はこの三柱の神々であり、歴代の城主は仮の主で、そのためこの山には完全に居座れる城主がいなかったのではないか、とも言われている。

この山のふもとに、藩主浅野家の家老、大石内蔵助の家の跡がある。大石倉之助の銅像がある。忠臣蔵で有名だが、関係した者は切腹になった。四十七士の中に笠間藩出身者もいたのだ。吉田忠左衛門、小野寺十内、堀部弥兵衛。

つまり浅野家は赤穂に行く前は笠間藩の藩主であった。

何か不幸体質のようなものがこの城の城主につきまとっていたのではないかとも感じた。浅野内匠頭が松の廊下でなぜ暴れたのか、も歴史的謎だ。

十　首を絞める手と追う霊

（佐白山）


佐白山の頂上には、大石内蔵助の銅像の前の道を道なりに進むと到着する。

鈴木さんの体験を聞いて、筆者の僕も向かうことにした。

友人の橋詰さんが運転をしてくれ、その曰くある山に向かった。もし同じような体験をするなら本望だと猛々しい気持ちで出かけたが、それは次第に変わっていく。この辺りに詳しいイッチーさんが同乗した。


これは実際に僕が体験した話である。

「ここの道を上がるとね、急に雰囲気が変わるでしょ？」

稲荷神社あたりから比べると、山に入っていく道が続く。藪に覆われて、家々が見えるが次第に重苦しい雰囲気は否めない。

かなり登ったところ、右側に古びた廃屋がある。これが坂本九さんの実家だった。夕暮れ時で急いでいたので、そこは通りすぎた。

すぐに夕闇はせまってくる。五月のころだったが肌寒くあった。

登り道の真ん中に大岩があった。想像以上に大きい。

この岩がここに攻めてきた敵兵を押しつぶし、生き埋めになったと史実にあるが、確かにこの何トンという岩を動かすことは不可能に思う。

そうなると、周りはアスファルトで固めた道路だが、その下は苔むす屍か土と化した肉片と骨か。

その岩の前で橋詰さんが車を止めた。

「降りてみますか」

三人は降り立つと、僕はその坂道の勾配が思った以上にあるな、と感じた。見た目はなだらかな上り坂なのだが、地に足を付けると、少し上がっただけで息が上がる。心臓が悪いわけでもないのに、呼吸が乱れる。

「うわあ、圧がすごいな、空気が違う」

イッチーさんと橋詰さんは降りた瞬間、岩を見てクラクラしたそうだ。

その日はよく晴れた日だったにもかかわらず、やけに湿度を感じた。

急に首が重くなる。息苦しい。

岩より上の坂道まで上がり、岩をバックに自撮りをした。霊気があると顔が曲がって映るという特徴が僕にはある。

いやに長細い顔で映っていた。時空がひずんでいる。霊気が尋常じゃない。


その坂のすぐ上に千人溜り駐車場がある。

木々に覆われ、広さはあるが四方を撮るとどこも白い霊気が写る。

ここに車を置いて、頂上の方の道を行くときに、一人の普段着の女性をみかけた。

こんな時間にも山登りする人がいるもんだなと三人で通り過ぎた。

しかし、三人とも振り向いたらもう女性はいなかった。

かなり広い駐車場なので、降りるならものすごいスピードで走らないと無理だと思う。

まずそこでイッチーさんが呟いた。

「今の、人じゃないですよね」

ゾクゾクと背中に寒気が走るが、まだこの先の山道があるので、僕は何も言わずに先を急いだ。

全体的に湿度が高い。湧き水がチョロチョロと道の横を流れる。

こうした山は、岡山県の津山事件が起きた美作加茂にある貝尾集落がこんな雰囲気だったと感じた。

山の中に集落があると、こんな感じになるんだろう。

道や山肌のどこからも水が流れ、絶望的な湿度感に襲われる。

これだけの水が多い山に、木で作られた城や天守閣を置くなら、相当いたみが激しくなるだろう。

そして土と太い枝で作られた、いかにも山道といった急な階段を上がる。

「リンリンリン」

鈴の音が聞こえた。

振り向くと、夕暮れというのにサングラスをかけた背の低いおじさんがリュックをしょって三人についてきていた。正直、気味が悪い。

僕はよけて、鈴のおじさんを先に行かせた。

「ひっ」

一瞬だが、そのおじさんが熊鈴のように鈴を鳴らしながら追い抜いていった。

異様に背が低い。山登り用なのか、杖をついていた。

舗装されていない道が続き、石の階段は滑るように傾斜があり、これが戦国大名たちが工夫した防御のための作りなのかと感じる。

登ろうとするが、靴底が滑れば、あっという間に下に落ちるだろう。

枝木を握りながら急斜面を上がる。

登り出たところに笠間城の跡地が広がっていた。あたりは単なる野原で、ここだけが傾斜がない分、居城跡であったことがわかる。

ただ何もない芝生の広場、ここに立つ天守閣目指して幾多の命が落とされたのだろうか。

夏草や　兵どもが夢の跡
脳裏に芭蕉の句が浮かんだ。

何人もの城主が変わった、ある意味事故物件だろう。

大島てるサイトに笠間城の物件の表示があるとしたら、何千人死亡しているのかと思う。

頂上からの眺めは、平野が広がる笠間や遠くまで見渡せる最高のものだった。標高は割と高いわけだから当たり前だが、気軽に登れる雰囲気がある。

しかし入ってみると湿度というか常に頭痛がするような感じだった。

ここで城主が長続きしないのは、この環境のような気もした。

少し降りて、トンネルの方へ向かう。ここで急に夕闇が迫った。

「このトンネル行きますか?」

暗さが半端ではない。湿った落ち葉だらけの道の先のトンネルは歩いて通る程度。どうしても足が前に進まない。

「この先の井戸、眺めると死ぬっていうんですが、その先の池のほうが言っちゃあイケナイところですよ……僕も子どものころ来たばかりですけど、昔はここも車が通れて、このトンネルでクラクション鳴らすと、死ぬって言ってね。肝試しやりたい免許取りたての連中が来てたそうです。本当に帰りに事故にあったりと、いろいろありましてね」

イッチーさんは、詳しく説明してくれた。

橋詰さんのほうは、まさかこんな心霊スポットに行く羽目になるとは、という表情で僕を見て言った。

「行くんですか？　僕はちょっと……行かなくてもいいかな、ハハ……」

僕は総合的に判断して、真っ暗になると余計危険だと思い、

「これ以上はやめましょう。そのトンネルをくぐると、変なものが憑りつく可能性が高い。ここで引き返しましょう」

「ああよかった、行こうって一銀さんが言い出したらどうしようかと思いましたよ」

「僕もですよ、絶対進んだら帰りの運転保証できないっす」

二人がそう言って、トンネルやその周りの写真を撮影し、駐車場に向かった。

三人が横並びにトンネルに背を向けて歩き出したときだった。

「今、ついてきてますよね」

そう言われ、後ろに誰かがいる気配を感じた。

「一銀さん、誰かが着いてきてるの、わかりますよね」

イッチーさんがやや興奮気味に言った。

濡れ落ち葉だから、誰かがついてくれば足音がするはずだ。

足音はなかった。

ただ、完全に人の気配がする。三人の真後ろについてきているのだ。

「男性……みたいですよね、わかりますよね？」

自分より背の高い人がついてきている、なぜかそう感じた。

「そうですか？　じゃあ背中たたきますよ！」

僕はイッチーさんの背中を思い切りたたいた。こうして怖がる人間がいると、それに霊がくっついてしまう。

霊は背中に憑りつくので、必ず背中をたたいてあげる。もちろん自分の背中をたたいたり、見えない後ろに対して肘鉄したりする。

そしてもう真っ暗で何もみえなくなりそうな山道を下った。その間中イッチーさんとたわいもない会話を続けた。

僕の声は鈴を鳴らしたような効果音が混じっているらしく、高い。

声を放つと邪気や悪霊が去るのだというから、声を出すといいという。

そして首に下げていた十字架のネックレスも、こうした場所に行くときは外さない。

千人溜り駐車場に着いた。ここで千人の軍勢が亡くなったと言われる古戦場跡が駐車場なのだ。今更そのいわれを思い出すと不気味さが募る。

「あれ、車が開かない」

遠隔操作で停めた車のドアを開けたはずが、近づくと閉まっていた。

何度かリモコンを操作して開いたが、こんな不具合は初めてだと橋詰さんは言った。

この車に乗ってここを去るまで、ずっと首のしびれや頭痛がひかなかった。

「この山自体が、人間が生き抜けるところじゃないんじゃないか、磁場が強すぎるというか、物理的に苦しい土壌がある気がする」

と僕は科学的な判断をしようとしたが、そうはいかなかった。


ブログに写真を載せたら、友人から連絡がきた。その友人は霊視ができる。

「海生さん、この岩の前で撮った写真、これ良くないよ。怖いかもしれないが、首に手がかかってる。息苦しくなかったか?」

「いやあ、ここから上がった先ずっと息苦しいし、首が重いんだよね」

と、ネックレスを見ると下げていた十字架の根元が取れた。

「十字架が取れた。取れるような作りじゃないのに」

「そうそう、その十字架がよくないと思う。それに岩の前で立ちはだかって映ってるよね。これもよくない。霊気がある被写体は横に写るかしないと、前に立っちゃうとダメだ。あまりいい手じゃないよ。首を絞めてるのは、そのクロスが黒板を爪でひっかくようなキイイって音を霊たちに聞かせてるくらいの嫌なものなんだって思ってね」

僕はクリスチャンじゃないが、曾祖母が敬虔なクリスチャンだったので、何か守ろうと思うときに十字架のネックレスを下げている。しかし、佐白山での戦闘で、クリスチャン信仰を嫌う兵が死んでいたとしたら、それは目につくいやなものかも知れぬ。

「あと、トンネルに完全に数体の霊が張り付いてる。トンネルの横に女性、そしてその前に、リュックをしょった男性がいるよ、中年の」

「えっリュックをしょった?」

僕が写真を見ても、そうした霊がいるのは全くわからない。

「旅行者みたいな恰好してるね、この人が『トンネルに行くな』って言っている。中には入れなかったでしょう?」

「その通り、なんか不気味すぎてそこから帰ったんだよね」

「それが正解だね、だけどこの人、しばらく海生さんたちに憑いてきたよね？」

それ以上は、切れたクロスを握りながら答えることができなかった。

彼には完全に霊が見えているようだった。


後日、イッチーさんから、頂上に登る橋詰さんの後ろ姿の写真が送られた。

「かなりの霊が写っちゃってますね、特に彼の背中に」

それは肉眼でも見えるほど、丸いもやがかかった写真だった。

「あの時は二人が怖がるんでやめたんですけど、あの鈴を鳴らしてたリュックしょった人、あれも生きた人じゃなかったですね」

「えっなんでわかるんですか？」

「だって、あの先は行き止まりだから、必ずあのルートで戻るはずなのに、戻ってこなかったじゃないですか。野宿できるような山じゃないですしね」

一体何人の霊に会ってしまったのか……

「あと、トンネルで憑いてきたのは、違う男の人でしたけどね」

慣れたようにイッチーさんは笑顔で言った。

「でもよかったですよ。あのとき一銀さんがトンネル抜けようって言ったら、僕もう帰りますって言おうと思ってました。池なんか行ったら完全に憑りつかれますからね」

僕もあのトンネルは鬼門、結界に見えたし『絶対に行くな』という強い意志のようなものが背中に降り立った感覚があった。

僕の曾祖母は迫害を受けていたクリスチャンで、十字架を僕がつけていたことからしても、『行くんじゃない、そこは危ない』と告げにきて、身代わりに根元から折れたのかもしれない、と思った。

不思議なもので、何度か笠間を訪れたが、みんな千人溜り駐車場で体調を崩すようで、その後天守閣跡の山頂まで、もちろんトンネルなども行けていない。

行ってはいけない場所なんだろう。

後から天守閣跡の草原の写真を見ると、どれも霧がかかっているように、白く写っていた。霧などなかったのに。


ちなみに、橋詰さんは次の月に車を買い替えた。

特に理由はないそうだが、不具合が起きたあの車と、橋詰さんの背中についていた心霊の写真を思うと、乗り換えて正解だと思う。

「たまたまですよ。買いかえる気全然なかったんですけど、ディーラーの前を通ったら、急にほしくなってね。別に前のあの車に不具合はないですよ、千人溜りの駐車場の時くらいかな？　異変は。まあ、古かったんで廃車になってるんじゃないかな」

と、笑顔で答えた。日本車から新車の外車に乗り換えたそうだ。

十一　御岩神社〜地球に立つ光の御柱〜

（日立市）


日立鉱山から本山トンネルを抜けて道沿いに行くと御岩神社が現れる。

宇宙飛行士が宇宙から地球を見た時だ。この場所に光の筋を見た。

光の御柱が立っているように見えたそうで、今はかなりのパワースポットになっている。

この神社は徳川光圀公が好み、水戸藩士たちも山の頂上にある神社まで登っていた、歴史ある霊山なのである。

大門をくぐると、門裏に『神徳』と書いてある。

神と徳川のイメージで書かれたものか、本来の意味での神徳かわからないが、徳川家が好みそうな山奥の険しい神社だ。日光東照宮に似た雰囲気がある。

いつものプロ同行者の会田さんと、軽装で頂上のカビラ神社を目指すことになった。単純な山道の先にあるものだろうとたかをくくっていたが、そうではなかった。

道のわきを小川が流れ、丸木橋を渡るような山道、次第に木の根をつかんで進まないと難しいような本格的な山登りになった。神社の入り口で杖を貸し出ししていた意味がわかった。しかし杖も邪魔になるだろう、素手で道をつかむ、腕ひとつで這い上がるような道になっていった。

「これは修験道に近い山だったのかもしれませんね、あるいは水戸藩士を着てるために造られた神社とか」

と会田さんに話した。何より湿り気ある道のせいで、足元が滑りやすい。普段着で行くのは危険だと判断した。会田さんも息を上げていた。

「これをわらじだけで登ってた昔の人はすごいですよね」

僕は登山が大嫌いで、本格的な海好きなのだ。海が好きなのは、砂浜までが平地だからだ。どうして人は山を登りたがるんだろう。人生の中でも多くの壁が待っていて、それを超えたりくぐったり、脇道から回り道して壁を避けたりして苦しむ。なるべく山を越えないように進みたいものなのに、なぜ人は山登りなど危険な行為をしてまで頂上を目指すのだろう。

そう自分に言いながら歩いた。霊より山登りのほうが嫌いだ。

「なんでこんなことになったんだろ、僕は山登りが大嫌いなのに」

亡くなった父は登山が大好きで、小さい頃はやたら連れて行かされた。それが嫌でしょうがなかった。

「人生は山登りみたいなもんですから」

振り返った会田さんが、汗をかきながら笑って言った。

その時、会田さんの顔が父の顔に見えた。

「苦労して歩くことを知らんなら、良いものはできん。ひとつひとつ踏みしめて歩け、危険はいつもある。それが山を登ることたい」

そんなメッセージが耳に聞こえた。

不思議なもので、父を思い出すと涙が出る。そこまでファザコンでもなく厳しい父だったというのに。そういうときは、本当に亡くなった人の霊が自分の近くにいるときなんだと感じている。

体力のない僕に、会田さんが手を差し伸べた。

「海生さん、あともう少しですから」

その手は、幼少のころに握った父の手に似ていた。一人で歩めない道は、仲間と歩け、どんなことも、歩く苦労を知ってこそなんだ、口下手な父は子どもに説教するよりも山を歩くことで人生を知れ、と思ったのだろう。


先の見えないゴールは、一番ハードで険しい急こう配の先にあった。

神社の鳥居が輝いて見えた。こんなにも美しく見える神社があるだろうか。

僕は今まで以上に深く頭を下げ、祈った。

それがカビラ神社だ。石段の上に小さな社殿があり、一段一段踏みしめて登った。光の御柱は登る人々の思念や祈りではないだろうか。

そこから山頂にいくコースもあったが、もうこの峠で十分だった。見下ろすと県全土が見えるような場所がある。ホウっと声が漏れるような絶景である。

きっとここで光圀公は藩の情勢を見下ろし、政治を考えたのではなかろうか。

日立というこの地名も光圀公が付けた。もちろん日立鉱山、日立製作所はこの地名から名付けられたものである。

日が立つ場所、光立つ場所。下山し、帰りに門を通過するとき『神徳』の言葉を見ると、なるほどと思った。

自分自身の精神こそが、自分自身に徳を与える。

登るか登らないか、自分の限界を破る者だけが新しい徳を得る。

強き茨城人、水戸人の精神をここに感じた。

ここにある重要文化財の三本杉はまっすぐ天に向かってそびえている。

十二　本山寺と日立鉱山

（日立市本山）

本山寺は、日立鉱山の中にある曹洞宗のお寺である。

この鉱山を「本山」と呼び、小学校や中学校も本山の名前がついていた。

昭和に閉山してからは、人口が減ってしまった。ここで働く鉱夫の家族が住むアパートが、何棟もあり、寺の前の道を上がった先も、たくさんの団地が何棟もあった。

しかし今のその場所は工業地になり、小学校や中学校、映画館や武道館、公民館などもすべて廃墟となり、建物自体も姿を消すと、現在の荒涼としたすすきや藪の野原が広がっている。

御岩神社を出たあとに、一本杉を見て、あちこち廃墟を散策したあと、本山寺の無縁仏を参ろうと境内に入ったとき、会田さんに異変が起きた。

石段を登りきった先に、古い卒塔婆が焼かれた跡があり、より不穏な雰囲気を見せる。

さらに僕が奥に行こうとすると、

「えっ海生さん、まだ行くの？」

と会田さんが珍しく弱気の声を漏らした。

その瞬間、会田さんの首から肩にかけて、ガシンと人が乗ったような重みを感じていたのだそうだ。

霊感ゼロのプロ同行者&ドライバーの会田さんと評価していたが、このときばかりは寒気がして肩の重みが一向に取れなかったようだ。

むしろ進むほどに重さが増す。

（これが、いわゆる憑りつかれたってことか……）

会田さんはそう思っていた。少し顔色が悪くなっていた。

僕はそうとは知らず、奥まで行って朝鮮人慰霊碑と中国人慰霊碑に手を合わせた。ここで労働をしていたといわれる、隣国の人々を祀ってある碑だ。

そのときは会田さんの歩みはノロノロとしたものだった。

（御岩神社の登山の後で、疲れてるのかな……）

僕はその程度に思っていた。

だが、会田さんは首にしっかりと誰かが乗っかっているような重みを感じたまま、ついてきていたのだった。

無縁仏の碑がある場所にたくさんの卒塔婆が立てかけてある。それこそスキー板のようにたくさんある。

お地蔵さんも数体あるが、ふと不思議なことに気づく。

(寺なのにお墓が全くないぞ……)

無縁仏の向かいにある、社務所らしき場所を写すと、真っ白なもやがかかっていた。お線香の煙かな、と思ったが、どこにも線香は立っていない。

「誰もおられないようですね」

会田さんが小声でがっかりしたような声で言った。

会田さん自身はずっと首に重しのようなものが乗っていて、身動きできないほど辛い状態になっていたのだ。帰りの運転大丈夫かな……と彼はそれを心配していた。もちろん僕はそんなことに気づかない。

そのとき、一台の大きな白い車が階段を降り切った入り口に停まった。

「あの車、住職かな?」

なんとなくそう思った。駐車のやり方が慣れた感じだったからだ。

と階段を途中まで降りていると運転席から出てきた坊主頭の男性に声を掛けられた。黒いスーツにネクタイをつけていて、どうやら喪服のようだ。

「どなたですか？　何か用ですか？」

といぶかしそうな顔で聞かれた。その言葉でこの本山寺の関係者だとわかった。住職が喪服？　という気はしたが、

「すみません、この辺りを取材している者でして……」

と慌てて謝りながら降りて行った。お寺とはいえ不法侵入の類になりかねない。しかし僕としてはかなりラッキーな出会いだった。

住職は一時間後には出かけなくてはならないという状況だったが、詳しくこの辺りの歴史を話してくれた。ＬＩＮＥ交換までできて、また次回お会いする約束をした。

話をしたあと、会田さんを見るとほっとした表情に変わっていた。住職にお会いして、肩の重いものがすうっと消えたそうだ。

もしお会いできていなかったら、会田さんは憑りつかれたまま、帰りの高速でも何が起きたかわからない。

単なる偶然とは言い切れない出会いに、御岩神社に参ったことで、神徳が起きたのか、会田さんや僕の守護霊が守ったのか、住職との引き合わせは、その後を大きく変化させた。

小生瀬村の地獄沢に行ったあと、四十分遅れで本山寺に着いた。住職はおごそかに招き

入れ、同行者の会田さんと共に、本殿の中に入る。

その時、僕の頭にだけ本殿のお線香の煙が向かっていったと、同行の会田さんが証言した。確かに本堂の中の空気はお線香の香りが充満していて、あまり気が良い雰囲気ではなかった。取材しながら住職も神妙な面持ちでおられるし、「何をしにきた」という複数の霊の思念が渦巻いている空気感だった。

「先にお参りをさせてもらえませんか?」

と住職にお願いした。

「はい、もちろんいいですよ」

本格的なお経とお焼香の煙、僕は神妙な気持ちで手を合わせた。『みなさんの無念を書かせていただきたい。残したい』それだけを祈った。

地獄沢から連れて行った無念の霊が去ったのか、安心したのか、すうっと本殿の空気が澄んで、首の圧迫感が消えた。

しかしお線香の煙は最後まで、僕の頭に向かってしか流れなかったそうだ。


住職にお聞きした本山寺の歴史を書く。

本山寺はもともと、鉱山やこの本山の町で亡くなった人の火葬場だった。今の寺務所は本来焼き場の待合室だった。

寺の入り口から高い石段があり、登り切った先に火葬場の跡がある。今はその焼き場自体はないが、上段の平地はお弔いをするときに人力の霊柩車が三回まわる風習があり、そのターンの場所になっていた。

山は険しいので、人力車に霊柩車の屋根がついた本格的なものだったそうだ。

上段上がった場所から山への道があったが、現在は「中国人慰霊碑」と「朝鮮人慰霊碑」があるのみで、その先の道は使わなくなったために藪に覆われている。この慰霊碑は、戦時中の労働力として海を渡ってきた人々の慰霊ために、日立鉱山が建てたものである。

「ここはＪＸ（日立鉱山）や国の山になるんで、お墓は作れないんですよ」

と住職が言うように、お墓はない。

「ただ、お墓自体も買えるような人たちはいなかったようで、火葬場の横の崖に埋めさせてくれ、置かせてくれ、というのも昔はあったようです」

鉱夫によっては、そういう苦しい状況の人もいた。

戦後、一本杉の横にあった武道館に、外国労働者の方のお骨が骨壺と白木の箱のまま積まれていたのを見て嘆き、先代の住職が寺の入り口近くに無縁仏の碑とお地蔵さんを置いた。毎日住職は祈り、供養して今日がある。

しかし、お骨が散乱したり、誰のものかわからない等はなかったそうだ。時折、本国の子孫や慈善団体が来て、卒塔婆で供養するため、スキー板のように卒塔婆が立てかけられているように見えるが、何も怖いものではない。

「このあたりはね、四十年くらい前に廃坑が決まって、本山小学校も僕は通っていた大好きな学校だったし、映画館に武道館、遊ぶところもなんでもあって山だけで済んでたんですよ。だけど住む人がいなくなって団地もたくさんあったのが無くなってね。廃墟になったアパート群には僕らも子どものころは行ったりして遊び場でしたよ。だけど、宜保愛子ですかね、あの心霊ブームが起きたころ、その遊び場だった廃墟かなにかを指さして『霊がいる！』なんていうもんだから、廃墟と心霊マニアがどっと押し寄せたんですよ」

廃坑となった後の本山は、免許取りたての連中やヤンキー、心霊好きの人々に荒らされ放題だったようだ。

本山寺の前の道を登っていくと、今は企業が置かれているが、その前は住民が住む団地で、まさに『霊がいる』と証言されてしまった場所なので荒らされ、ついに頑丈な門を作ったが、その門が壊されたり、横から侵入できたりと、いくら止めてもダメだったようだ。

「うちにもしょっちゅう来たんですよ。しかも夜中でしょう？　この寺務所で親子で寝泊まりしてたんでね、次の日は部活で朝五時に出なきゃいけないのに、外ではワーワー『幽霊出るかも』『誰かいるかも』って。しまいには花火とかも始めたりで超迷惑でしたよ。だから、おどかしてやろうと思って、石段にろうそくの明かりを一段一段に載せたんです。そういう供養もあるので。そしたら『キャー!』『火の玉!』みたいにして逃げていくのが聞こえてね」

と笑いながら話してくれた。

「この寺では、外国の人も日本人も一緒に勉強を教えたりしてましたよ。だからね、身寄りがない外国の人のお骨もちゃんと供養しなきゃいけない、それだけです。国際的な問題はあるだろうけど、供養はするべきですよ」

しっかりと答えた住職の目は、少し潤んでいた。無念の魂はまだ本国に戻れていないのだろうが、この本山寺に住職の彼という結界がある限り、このヤマは安定している、そう思った。

「通った小学校も、一本杉も、僕にとっては楽しくていい思い出の場所なんです。怖い場所じゃないんですよ。霊はいません。ちゃんと供養していますから」

東日本大震災のあの激しい揺れでも、山は崩れなかった。

日立の大煙突が二つに倒れたときがあったそうだ。今の煙突よりもっと高かったのだが、その時だけは住職が修行で県外に出ていたときだったそうだ。

本山寺を出たあとに、一本杉や団地があったという今は何もない草原の県道沿いを歩いてみたが、気になることと言えば、手だけが冷えて凍るようだった。気温は十二度あったのだが、指先がマヒして首筋に手を当て温めたらやっと治った。僕程度の人間が、写してはならぬものもあったやもしれぬ。

十三　日立一本杉の木霊

（日立市）


前作「茨城の怖い話」を書いていたときに、挿絵師の先生に一本杉の写真を送ろうとした。しかし先生はそれを拒否した。

「一本杉が俺に話しかけている。写真は撮るな、写真通りの絵を描くなと言うんですよ」

「なぜ似せた絵を描いてはいけないんです？」

「……こう言っています。『写真はそのまんまだからだ。人が大勢や集まるから嫌だ』と。だから俺が描く絵はやや漫画チックになりますよ」

「構いません。それが一本杉の命令なら従うまでです」

出来上がった絵は、件の書に載っている。まっすぐな太い幹にしめ縄だ。

その時僕は初めて『木霊』の存在を知ることになった。

「一本杉があれから俺に話してきたことがあるんですよ」

出版が終わった三月くらいのことだった。

「この本書いたときね、たくさんの霊魂が（本編に紹介する）俺に集まってきて、筆を走らせたわけなんですがね、この一本杉の話はとても意味合いが大きかったようですが、どんな内容でした？」

先生には原稿を見せずにイメージだけ伝えるので、内容を知らない。

「この一本杉の話を書いたけども、それは編集に『怖くない』とはねられましたね。だけどこの杉の話は絶対に通したいと思って二作書いて一作がページの関係で削られて本に載りました。三本書いたけど、一本だけでした」

「この一本杉も元は三本あって、切られたけど一本残ったんですよね」

ああ、そうだった。しかし内容を知らない先生がなぜその木の経緯をしっているのか……と思ったときに、背中に寒気が走った。

そうか、挿絵の先生には一本杉が見えているんだ。

「この杉は霊の結界にもなっている。この先に大きな鉱山の何かがあるでしょ」

その通り、日立鉱山の跡地がその先にあり、現在は記念館になっているが、鉱道やその杭や工場も残っている。

「この杉が言いに来たのは『創作者なんだから、絵で表現しろよ』ってことでした。写真だとそのままだけど絵で情感を表すからいいのだ、と。一銀さんにもそれを言ってましたよ。話をとても気に入っている、ただ起きたことをそのまま書くのはつまらないことだ、作家なら創作者たれ、とね」

「表現方法はいくつでもあります。同じ実話でも、物語にするか、ドキュメントにして書くか、確かにそれは作家独特の手法がありますよね」

「一本杉は本に載せた一本が、気に入っているようです」

絵師は次々と話し続けた。

掲載できた話、というのは確かに運の強い話でもあった。

向かいにある本山小の児童の話ではないが、一本杉はたくさんの不正義を見て、蔓延した思いがあったのかもしれない。

この木に向かって逃げ出そうとした労働者たちもいた。

想念を受け止めながら、この木は何千年生きてきたのだろう。


奇怪なことは、僕にも起きた。一本杉を写した写真を取り出そうとして驚いた。筑波山の温泉で撮ったのがいけなかったのか、ＳＤカードが破損となり、霊的な写真はすべて消えたのだ。一枚だけ、フェイスブックに乗せた僕が自撮りした後ろにずっと立っている一本杉だけ残った。

一本杉とのツーショットだけが残った。しかし、

「写真を載せるな」

は現実になった。載せられるような全容の写真はない。その話を先生にすると、こう答えた。

「それは木霊や、筑波山の霊気の霊障でしょう。撮るな、ということですよ。一銀とお前は、また来いよって言ってます。俺はなかなか行けないけど、一銀さんは行ったほうがいいみたいですよ」

と。

それきり、ずっと足が遠のいていたが、本書を書くことが決まり、僕は二度目の一本杉を見に日立鉱山のヤマに出かけた。

御岩神社の山頂に昇り、下界を見て心が清らかになって下山した後だった。

県道36号線の一本道の真ん中にあるその木は、相変わらず大きかった。

車を止め、本山小の跡地側に出た。通学路らしき側道を見つけ、横からの一本杉を映した。

確か、一度目のころは、交通量がやけに多い秋の時期でこんな側道があるとは思わなかった。

そのあと、本山寺に行き、偶然にも住職に会えてこの地の歴史を詳しく聞くことができた。

「この辺りは昭和五十年代に一気に閉山とともに廃墟化して、心霊マニアが来て大変でね。

でも僕らが通った小学校はいい思い出しかないのに残念ですよ」

一本杉が言いたかったのは、それだったのかもしれない。

子どもたちが通うのを見守ったのもこの杉だったろう。鉱山の隆盛と廃墟を見てきた杉。

「一銀は来い」

前作を書いたあとも、このメッセージは消えなかった。

やっと会えた、そして不思議とその大木が見えた時、気持ちが高ぶっていた。


元武道館側からの幹を見て驚いた。

コブだらけの幹。そのコブはしめ縄から上にびっしりとあり、それがまるで人の顔のようだったからだ。どくろ、と言ってもいい。

だが確かに、挿絵に描いたしめ縄とまっすぐの幹は間違ってはいなかった。コブはしめ縄より、つい上部にあったからだ。

そして、偶然ページの関係で削られた話を住職に話してみた。

それは本山キャンプ場が戦時中の捕虜収容所跡地だったという話だった。

僕はそうした怪談は聞き語りで書くので、閉鎖されている場所まで確認にいけないのが現実なのだが。

「いやあ、僕はずっとこの辺りに住んでるんで、それはないですね。中国人や朝鮮半島から労働で来た人達が住んでいたってことは知ってますけど。家がありましたし……」

と言葉を濁らせた。

本に出せなかった話は、出してはいけない話だった。

一本杉から少し山の上になる、弁天様の場所と不動滝の近くには韓国の花が咲いている。その花が咲く場所は、労働者たちが逃げようとしたときの待ち合わせ場所といわれるが、逃走を防ぐ二か所のポイント、検問所があった場所だそうだ。

誰が植えたわけでもなく花は咲く。

『一銀は来い』と言った木霊の言葉がようやくわかった。

ちょうど小学校と、武道館の方を向いている。

そこには、亡くなり、焼かれた骨が武道館に置かれたままだった。

そのお骨を憐れんで本山寺の先代の住職が本山寺で供養するようになったのだ。幹の顔は、霊の望郷の思いと、子供たちを見守る顔のように見えた。

この山は、企業や国有地でもあり、お墓を作ることができない土地なのだそうだ。昔、

鉱山事故で亡くなった人も多く、本山寺は元は火葬場だったという。

その待合所に作られた建物が、今は寺の社務所になっているから、普通の寺院と雰囲気が違う。

しかし現住職は、ほぼ毎日祈りをささげる。

無縁となってしまった仏様のために。

一本杉と、顔がある幹のコブを見上げた。ヤマの真ん中の墓標に見えた。

「ああ、この一本杉は、この山の墓標なんですね」

そして住職の顔を見る。この人がこの山を鎮めている、と。

本山寺の社務所は写真を撮ると真っ白なもやがかかっていた。

お線香などは焚いていない。

あるのは向かい側にたたずむ無縁仏の碑と地蔵と複数の卒塔婆だけだ。

およそ、そこに集まり住職の祈りを未だに求めているのだろう。

この地で眠らぬ無念が一本杉に巣くう。そしてトゲとなる。コブとなる。

茨の花はバラである。

茨の先には華麗なバラが咲く。

そして茨城の県花はバラである。

十四　通学路に立つ鬼

（県北）


女は鬼であった。

いつも辻に立ち登下校する子供たちを見ていた。

それは私にしか視えなかった。

血走った目で覗き込まれるたび、素知らぬ顔でやり過ごす。

ある日いつものように子供たちを眺め、ひどく哀しげな顔で立ち去った。

失った子を探していたのだと気付いたのは、大人になってからのことだ。


～月浦影の介～


「小学校に向かう道に鬼のような顔をした女性が立っていたんだ」

その時の話を月浦さんは話しはじめた。

「あれは小学校二年生くらいだったかな、上級生と列を組んで投稿するときに、いっつも同じ洋服の、えーと白い上下の服ってのしか覚えてないけど、顔がいわゆる鬼の面みたいなんですよ」

月浦さんにしかそれは見えていなかった。

その鬼の顔をした女は、いつも子どもたちの顔を一人一人間近で眺めては、次つぎと違う子のところへ行く。

「最初は何をしてるのか怖くて、もしかしたら、『この子だ！』って捕まえられたら、殺されちゃうんじゃないかと思って、ほとんどその鬼を見ないようにしていたんです。誰も気づいてないし、『私が気づいたら絶対捕まる！』って思って」

ところが、少したつとその鬼は悲しい顔に変わっていた。子どもの顔を遠巻きに眺め、次の日からぱったりといなくなった。

「大人になってから、その辻で人さらいにあった子がいたって聞いたんです。もちろん私たちが生まれるずっと前の話です。そこで毎日お母さんが立って『家の子どもを知りませんか？』と聞いていたそうです。雨の日も嵐の日も
だけどいつしかいなくなり、そのお母さんの遺体が川から上がったそうです」

だが、まだその母の子どもの遺体は何十年経った今でも見つからないそうだ。

十五　高鈴山

（那珂市）

那珂市に住む床屋さんの話である。

高鈴山という小高い山がある。山頂まで道路で登れるし、山の道には表側裏側があり、裏からも車で登れるので、床屋さんはよくツーリングに出かけていた。彼はモトクロスバイクに乗っていた。その日は裏側から山を登った。

入り口から三、四キロのところにくると道のはずれに木が立ち並んで、開けた場所がある。その下はがけになっているのでやや危険な場所だ。

その開けた場所に軽自動車が止まっていた。明らかに、車が入るには不便そうな場所なのに。

（なんでこんなところに停まってるんだろう……）

（もしかして中で人が死んでるのかも？）

興味本位で車の中をのぞいた。誰も乗っていない。

ただ、アルバムが置いてあった。

カギがかかっていなかったので、車のドアを開けた。

やや古そうなアルバムを開けて見た。そこに載っていたのは、一人の女の幼少期から三十歳くらいまでを綴ったような写真だった。

しかし、まわりには誰もいないし、気味が悪くなり、アルバムを閉じた。

そのまま床屋さんは山頂までバイクで登った。この道は、平家の落人の人が家を作っていたようで、石垣が残っている。

裏から登る人はすくないし、薄気味悪い場所でもある。


何週間か経ち、床屋さんの知り合い夫婦の事故死を知った。

夫婦で工芸品をつくるひたちなかの人だった。つるを使っていた工芸品の作家だった。

夫婦が何か月も行方不明だったあと、乗っていた車が発見されたのだ。

その発見場所があのアルバムだけがあった車が放置されていた場所の真下の崖下だったのだ。崖の下は細い川になっていて、おそらくハンドル操作を間違えて落ちたのだろうということになった。遺体も車の中にあったそうだ。

彼らは山奥まで、工芸品の材料のつるを探しにいっていた。

床屋さんはそれを聞いて寒気が走った。

（なんであんな場所でみつかったんだろう）

ちょうど、髪を切っていたお客さんが刑事だったので聞いた。

この不思議な話をすると、

「あそこは自殺の名所なんだよ。そういう場所だから……引っ張られたのかも……」

引っ張られたのは、もちろんあの世にだ。

アルバムを載せた車がないか、その後見に行ったが、もうなかった。

あの車があの世に引っ張っていたとしたら……床屋さんはさらにぞっとした。


この山は、裏道が自殺の名所だった。その昔は、戦国時代の落人だった集落があった。平家の集落として残っているところは多いが、何も残っておらず、集落のあとがあると言われる伝説の場所は、逃げ延びた後、追っ手や地元の人間に殺されたのかもしれない。

十年前も焼身自殺があり、それが原因で山火事がおきる災害が起きている。

不穏な場所だ。それとも高鈴山という名前から、死者のお弔いの鈴が響く場所だった、ということも考えられる。

十六　分校の霊

（県北）


日曜に近所の友達と小学校に行った、月浦さんの小学生時代の話だ。

小学校（県北西部。栃木との県境にある場所）は分校であった。

あそんでいるうちにだれもグランドにいないことに気づき、帰り支度をしていた。

夕暮れがせまり、静かな校舎が印象的だった。

「日暮れが早くなったなあ」と集まって話していた。

ふと校舎をみたら真っ黒の人影が自分たちをのぞいていた。

校舎から百メートルくらい離れていたけれど、その人影は男女の区別もなくまっくろな人のかたちをしていた。

そして上半身だけのぞいていた。

「もうかえろうぜ」

「いこう」

もう一度振り返ると、誰もいなかった。
工事関係もなにもなかったし誰もいなかったのに。
その後この分校は統合されてしまった。

十七　殺人事件　遺体の山

（県北）


「うちの近くの山にね、いわくつきの場所があるんですよ」

　と月浦さんが語った。

「場所ははっきり書かれると困るんですが、わかる人は知ってるはずです。川のすぐ後ろに山がありましてね。地元の人しか行かないような細い道がありまして、その奥に自殺の名所があるんですよ。なんでこんなところでと思うんですが……」
　三、四十年ほど昔になるが、国民的アイドルの喫煙写真を流出させた元カレがいた。そこで亡くなったそうだ。だがとても不明点があった。
「そのときは、地元でもないのにそこに行くのはなぜ？　なんでここにきたんだろうって近所でも話してたんですよ。土地勘もない人は来ないですからね。しかも自殺でしょう？」

　そしてもっとも悲惨で悪質な栃木の小学生誘拐事件があった。その被害者の遺体が発見されたのもその山奥だった。

「あのときは驚きました。地元の人もほとんど行かない場所なんですよ」

「なぜですか？」

「実は火葬場があるんですよ。ちょうど遺体発見の場所と道を挟んで反対側の道になるんですけどね。誰も行きたがらないですよね、もちろん火葬場には葬儀場もあるんで、お弔いの時は行きますけども。地元の亡くなった人はほぼその火葬場でやりますよ……」

この事件は、犯人が捕まったものの、謎の多い事件であった。事件からかなりの時間が経って、犯人逮捕に至った。

小学校低学年だった被害者の少女は、栃木から連れ去られ、六十キロも離れたこの山の奥で発見された。ちょうど旅行者が見つけたそうで、地元の人は行かないが、バードウォッチングをする人に偶然見つけられたのだ。

ここの位置的な見取り図を描いてもらった。火葬場に行く道は、車一台通れる程度の細い道で、山を越えると大通りの国道になる。

「これも不思議なんですよ。地元の人もいかないようなところに、連れ込むというのがね……」

暗いし、火葬場もあるから誰も行かない場所は、逆を言えば誰にも見つからない場所でもある。しかし車が行くのは珍しいということは、車一台の細い道を通れば、誰かが見て証言者がいるはずだ。

ただ、カメラもその細い道にはなく、国道にしかなかったようだ。

単純に地図を見ただけだと、国道から入って右に入り遺体を遺棄したなら、山道に不審車両が一時停止しなければいけない。

その車両は誰も通らないからわからない、ということを犯人は知っていたはずだ。それも栃木のナンバーなら目立つだろう。もし茨城のナンバーで、霊柩車だったらどうだろう。

火葬場には遺体安置所がある。

そういった場所は多くの霊魂がさまよっていてもおかしくはないが……。

「でも、すぐに遺体発見になったんですよ、不思議なんです、誰も地元の人が行かないような場所に、地元でもない人が見つけて。偶然とは言い切れない、何か霊的なものを感じずにはいれませんね……火葬場があるからでしょうか」

何ともいえぬ事件である。

十八　腹を刺す武士霊

（常陸大宮市）

母方の本家の柱には古い刀傷があった。幕末の頃、侍達が乱入して斬り合った痕だとか。会津に逃れようと敗走中の幕軍を、官軍が追撃したらしい。大勢の若者が死に、維新後に慰霊碑が建てられた。風の強い夜など、雄叫びや悲鳴が風の音に混じって聴こえる。彼らは今も闘い続けているのだろうか。～月浦影の介～

月浦さんが家で寝ていると、お腹ををチクチク刺される感覚があった。

（なんだろう……）

特に金縛りもなく、目を開けてみた。すると……

白っぽい人影で刀のようなもの（白っぽい棒）の切先が月浦さんのお腹をツンツンと刺していた。

おなかの表面が傷むだけだったが、尋常な状態ではない。

「何だお前！　出ていけ！」

となると、すうと窓の外に白い人影は出て行った。


この辺りは、のどかな場所ではあるが、戦いがあった。

供養はしていない幕府軍の兵の霊が出るとも言われる。

ちょうど幕府軍が維新の政府軍に追われ、会津に逃げる道であった。

御前山辺りは元は宿場町であり、今でいう民泊もあったのだろう。家に追ってきた敵と斬りあいになったため、刀傷が残っている家もある。

水戸から大子に向かう国道が走っている、あの地域の話だ。


その後、月浦さんの家系で跡取りの早世が増えたので、横浜にいる霊媒師に見てもらうことになった。その霊媒師はこう答えた。

「家から少し離れた山裾に山の集落がありますね。そこに行き倒れた人を弔った人たちのお墓がある。人から忘れられて荒れ放題になっている。

そこを拝んで弔えば、家に起きる様々な不幸はなおります」

そんなお墓があるのかな、と半信半疑で探してみると、言われた通りの小さなお墓があった。

皆驚いた。親戚も、その先祖からも墓のことは何も聞いていないのに、全く違う場所から霊視できたことだったたからだ。

そして草刈りに墓掃除をして、お坊さんにきちんと供養してもらった。

その後は、跡取りがいない家ではあったが、気丈に娘三人育て、早世する人はいなくなった。

この行き倒れの人と本家の先祖と何か関係があって、子孫にまでサワリがあったようだ。

今もサワリがないかどうかは確認できていない。

十九　特攻隊英霊が取り囲んだ日

（筑波海軍飛行隊記念館）

俺はまだ死んでいないはずだ
俺の魂を残せ　私の思いを残せ

僕が書いた霊たちは口ぐちに、著者の僕に話しかけてくる。

霊が勝手に僕の手を動かして、すごいスピードで文章を作るときもある。その霊障で、何度もＰＣが壊れる。むろん、前作を書いたときのＰＣは壊れた。

同じように、挿絵を描いた先生の元にも、彼らは行ったのだった。

「茨城の怖い話」では、特攻隊の英霊たちを挿絵師が描いてくれた。

本として発行されるまで、僕の原稿は絵師には見せていなかった。

先生は、見なくてもイメージを伝えるだけで、その話の全容が見える特殊な霊能力があるのだ。一度天上界に昇ったことも経験済みで、この世で起きる俗な事、汚い人間や心の闇、すべて見通す能力があった。

去年の冬のことだった。

夜中、絵師が筆をとると、複数のいや何十人という特攻服に身を包んだ青年たちが取り巻いてきた。

明らかに今から描こうとする特攻隊の幽霊たちだった。

「よっ」

彼らは陽気だった。どこにも寂しそうな雰囲気がない。

「お前さ、あの本の絵描くんだろ？　だったらさ、かっこよく描いてくれよな」

『あの本』とは僕の書いていた「茨城の怖い話」のことだ。なぜか彼らはその内容を把握していた。

「は、はい」

先生はものすごい人数が狭い部屋にひしめき、自分を取り囲んでいることに、さすがに身震いがしていた。霊にはよく合うが、戦争で亡くなった兵隊の霊が何十人も見ていたら、どんな猛者でも腰を抜かすだろう。

「俺たちは戦後ずーっと『かわいそう』だとか戦争の犠牲だとか、お涙頂戴のドラマに映画、もうウンザリなんだよ。そういうので商売してるやつらいっぱい見てきた。だから俺らはお前に描いてもらうなら、かっこよく描いてほしいんだよ。俺たちはかわいそうじゃない。かっこよく散ったんだ」

彼らは冗談を言いながら、先生の筆を動かした。年齢は二十歳くらいだが、先輩という風格があった。絵の周りを取り囲んでいる圧力に負けそうだった。

先生はゼロ戦がどんな形かもわからないし、写真も見なかったが、できた絵がこれだった。

「ゼロ戦はな、銀色なんだよ」

彼らが指定した銀色の二一型は、まさに阿見市の予科練記念館に飾られた代物だ。ゼロ戦というと五二型の緑色を想像しがちだが、彼らは銀色を指定した。そして特攻最初の人間兵器、有人ロケットの『桜花』も描いた。

「一銀さん、特攻隊の絵ができました」

二枚の『桜花』と『ゼロ戦に乗る前の背を向けたかっこいい日の丸飛行隊』が届いた。

僕はこの絵を見たとたんに自然に涙が出た。

感嘆し、この話の主人公になる戦艦作家にこの絵を見せた。

しかし、いつもは優しい戦艦作家が珍しく苦言を言った。

「この絵はな、優しすぎるんだよ。もっと戦艦に飛び込んでいくゼロ戦の絵がいい。それで、空にな、一緒に飛んだ仲間の顔があるような絵を描いてほしい」

と突っぱねた。この話の挿絵は「茨城の怖い話」の『筑波海軍航空隊』である。

僕はそう言われればそうかもしれないと、絵師先生に再度お願いした。

「申し訳ない、もう一枚このイメージで描けませんか？」

と戦艦作家が送ってきた、戦艦に突っ込んでいくゼロ戦の絵を見せた。

「わかりました。あと数日待ってもらえませんか？」

実は先生は精魂込めて描いたために、相当衰弱していたのだ。

また描き直すとなると、まずあの英霊たちにも申し訳ないし、作業が大変になると感じたからだった。

早速その晩に、例の英霊たちがやってきた。そして、驚くことを口走った。

「悪いな。俺たちが描いてほしかったのは、まさにこの絵なんだよ」

先生はまた霊たちのままに筆を動かした。出来上がった絵はバランスのために空で待つ仲間の絵は五人の予定だったが
「ここは四人なんだよ。悪いな、描き直してくれ」

特攻隊の編隊は五機だった。確かに飛び込む一機と四人が正しい。

朝陽が昇るころ、描き終わった先生は疲労困憊だった。

彼らはとても喜んでこう言った。

「ありがとうな、描いてくれて。この見返りは必ずするからな。それに俺たち、カミカゼ

特攻隊なんだから、神風起こしてやるからな！」

そして、

「お前と一銀で、本ができたら靖国神社に来い。待ってるからな」

と言って笑いながら去っていったという。

そんな事情があったとは知らずに、この二枚目の絵を受け取った時、背筋から前に抜けていくような霊気を一身に感じた。

「先生、この絵はすごい。まさに思い描いていた彼らです」

「でしょうね、彼らがやってきて俺に描かせた絵ですから」

そこで、事情を初めて知ることになったのだった。

もちろん、挿絵と本を持って参拝した。その時に集まった人数も不思議と五人。五人はペンタゴンや五稜郭に同じく、五角形でもある。

五角形は要塞の形として最高の守備と攻撃を兼ね備える。

靖国神社で起きた不思議な話はまた後日書くことにしよう。

僕は特攻隊の生き残りの方とも懇意で、その現実を聞いていたこともあった。

彼らの培った身体と精神の能力はずば抜けていた。

そして友情も強かった。今も戦友の慰霊祭には必ず行く。

五月に筑波海軍航空隊記念館で田中三也さんの講演会があった。

田中さんは元は偵察機の『彗星』の飛行兵だった。しかし戦況が変わり、彗星で特攻をするようになったことも話してくれた。

最後に「なぜ、自ら飛び込むという特攻をやろうと決意したんですか?」という現代っ子の問いに、力いっぱい答えた。

「私が飛び込んだのは、国のためでもない、家族のためでもない、ましてや恋人のためじゃない、友のためだ。一緒に戦った友と散る覚悟だったからやれた!」

田中さんもまた明るかった。九十過ぎてもカクシャクとして。

僕が書いた特攻隊と同じことを言われた。

田中さんがそう語ったときに、人数以上の拍手が鳴りやまなかったことを思い出す。ここに集まったのは生きている人間だけではないだろうと感じた。

その会場に、『彩雲』の垂直尾翼もあった。名高い日本の名機がアメリカから渡ってここに置かれることになったのだ。

田中さんの海軍の時計は、七十年以上の時を超えて現役だった。

正確に今の時を刻んでいる。

「茨城の怖い話」を書いて以来、特攻隊の挿絵の原画が部屋にあるせいか、時折彼らの言葉が響くことがある。

「一銀、本物を見て考えろよ」と。

ある仕事でのトラブルの際には、その相手に向けて肩越しに銃口が見えた。

実際対面すると、その相手は怒り心頭のはずが、黙ってしまった。

「あなた、どうも兵隊さんを連れてきていますね。しかも相当強い人たちだ」

と霊感のある共演者たちも言うようになった。

その人数も四人。

筆者の背後には四人の銃を持つ軍人が立っていて、トラブルを起こす相手と対面したときは射程距離を取るようだ。

僕の後ろで構えている方々は、もっと先のことが見えているのかもしれない。

しかし怖さはない。むしろ背中越しに空気が澄んでいる感覚だ。

二十　鹿島神宮ループ

（鹿嶋市）


鹿島神宮は古代の神をまつる神社で、四方に鳥居がある。霞ケ浦と太平洋を挟んだ中州のような位置にある。古代は島であっただろう土地の形状や木々の根の形をしている。

茨城の風土は亜熱帯気候ではないが、温暖で土壌も豊かだ。根の形状は南の島にある木々のようだった。何千年も昔には、熱い気候があったやもしれぬ。

日本三大神宮であり、他は名古屋の熱田神宮、千葉の香取神宮がある。


ここに大きな太刀が飾られている。鉄から作った代物で、一銀のギラリとした輝きは、いにしえの戦いの神の畏敬を表すかのようだった。

そして人々が浸かってもあふれぬという不思議な神の泉。

山からの美しい湧き水が、この神宮をすっぽりと神の域として覆う。

そしてこの大太刀も、清水がなければ研ぎ澄まされぬ。

清き水は雑魚には生きづらいが、美しい刀を生む。

「勝つのは正しい者だ。正しくない者は負ける」

刀はそう僕につぶやいた。いや、鹿島神宮の声やもしれぬ。


そして鹿島灘の太平洋の見える砂浜に出た。

僕の名前そのまま、海が好きだ。特にこの茨城の海が好きだ。

三百六十度の地球を感じる丸い水平線は、静かな波と風を寄せる。

隣で茨城人が陽気に話しかけてきた。鹿島に住むサーファーだろうか。

「いや、どうも。この辺の人じゃないですよね」

「はい、東京から来ました」

「俺も昔あっちで仕事してたが色々あって辞めた。この海に来ると神に会える気がすんだよな。どっちが正しいかなんて、人間のやることなんてちっぽけだから、ここにきて聞くんだよ。神か人か。そりゃもう、神だろってな」

「神、ですか……確かにここにいると心が洗われます」

「そうだなあ。海にも神様がいるし、山にも神宮にもいる。大事なことは正しいかどうかだよ。ずりい奴は、いつか消える。けど人間にはわかんねえときがある。迷うときは神に会え。苦しくても生きてるほうがずっといいんだから」

そう言って精悍なサーファーは去った。

東京に戻り、トラブルがあった相手と本気で闘った。

無論、いい結果にはならなかった。だけどそれでいい。正義は果たした。

鹿島神宮の神は戦いの神であり、強く荒ぶる神だ。

その念が僕の背中をおしたのやもしれぬ。

大都会から数十キロ、茨城の地は神が宿り、正義があり強く暖かい。

僕の好きなまっすぐの海岸線と同じ。

僕の心にはいつも茨城がある。


このことをイッチー夫人のわかなさんに伝えた。

この方は創香師でありかなり修行されている。

本当の話や本音を語らないと、という思いになり、初めて会うのにそうしたトラブルまで話してしまった。そして彼女との間には異様な緊張感があった。

「鹿島神宮ですか、あそこの神様は強いですからね。一銀さんがやったことは正しく良いことをされましたから、大丈夫ですよ。勝負の神様がいるんですよ」

そういえば、羽生善治さんの将棋の竜王戦も神宮の中であった。

最もすがすがしく感じた社殿の中にある。

「私の母のいとこが鹿島神宮の宮司ですよ」

と素敵な笑顔で答えてくれた。

不思議な縁があるものだと思う。


鹿島神宮から自宅のある埼玉の岩槻まで栃木の友人の車で送ってくれることになったが、ずいぶん遠回りな高速道路を使うことになった。友人の車は日産の新車で、当然ナビも新しい。自動運転がついているので、車線があるところはブレーキもハンドル操作もいらないすごい車だ。

「うちのもう一人の叔父が、肺がんの末期みたいでよ、この前も墓をどうするかなんて、縁起でもない話始めたんだよ……死期が近いのが見えるんだろか」

僕といるとみんな霊的な話や不思議な話をし始める。

車内でそんな話をしていたら、高速のインターに着いた。

普通だと常磐道から東北道で帰るか、圏央道を使う。ところが、鹿島から東関道を通り、湾岸から首都高を使えとナビの指示が出る。

「だけど新車のナビが一番早いのはこれだって言ってるから」

と、友人の話をうのみにして乗車した。

しかしどうしてもおかしいと気づいたのは、湾岸を走るとき、浦安あたりから三十分で岩槻に着く表示が出るのだ。そんなはずはない。指摘すると
「そんなら目的地間違えたか？　でも、東京なんか行かねえけども」

そういって目的地を見ると、東京足立区の寺になっていた。

「なんだこりゃ？　この目的地どこだ？」

友人は考えていたが、思いついたようだ。

「これ、去年亡くなった叔父の葬式やった寺だ、夏に一回忌で行ったけど、それか？けどおかしいな。しっかり俺は見たんだよ、目的地は……」

「そのお寺、もしかして肺がんのおじさんも参列した？」

「いやあ、一回忌のときは叔父も体調不良で来なかったなあ。死んだ叔父の兄貴になるんだけども」

そう言って目的地を変えた。車が自動運転で、ナビ操作も画面みてじっくりやっている友人。

しかしふと不安によぎり、ハンドルをさわったままあちこち風景を撮影して脇見運転をしている友人に注意した。

「首都高は車の量が多くて車線が消えてることがあるから、自動運転でもちゃんと前をみて運転しないと！」

すると、本当にその道は車線が薄れていて自動運転でなくなっていた。

大きく車体がカーブを曲がりきれずずれていく。

「あぶない！」

僕が助手席からハンドルを操作して、事なきを得た。

「うわあ……なんでも車のコンピューターに頼ったらあぶねえなあ」

そう彼は言ったが、その瞬間のドキッとした感覚は霊よりも怖かった。ハンドルを操作しなかったら首都高で死んでいただろう。


岩槻に着いたのは夜。僕が降りて友人は栃木まで戻っていった
「今日はまったく鹿島神宮ループだったな。関東五県、茨城、千葉、東京、埼玉、栃木までぐるっとまわったわけだ」

不思議な言葉を残して去った。

その夜、友人の肺がんの叔父が重篤な状態で倒れたと連絡が入ったそうだ。

肺がんが脳に転移していたそうで、その五日後に亡くなった。

『鹿島神宮ループ』

確かにその日お参りする前に茨城空港に寄ろうとしたら、全く見つからず、神宮に着き、鹿島灘に着いた以外はどこにも立ち寄れなかった。お店を探しても神宮に寄った場所しかなく、三大神宮の一つの香取神宮も近いのに、見つけられず、関東一円をめぐって帰ることになった。


そして亡くなられた叔父さんがその寺の弟の供養に行きたかった思いがあの自動運転の車を操作した、とも思えた。


後日談だが、わかなさんはオーラが見える。

こっそりとイッチーさんが教えてくれた。

「悪い人は黒いオーラが見えるそうで。あまりにもよくない人は会う機会すらないんですよ」

「では会ってもらえただけでもすごいですね！　オーラですごい人なんかもわかるんでしようか？」

「はい。霊能で有名な人や徳が高い有名人などたまに金や銀のオーラがあるそうです。稀にいるそうですよ。でも聞かなかったことにして下さいね」

僕のオーラはどうだっただろうか。

わかなさんと、三時間ほど興味深い話や鹿島神宮の話をして別れた。

気になってその後メッセージでやりとりをした後聞いた。

「夫人、僕のオーラはどうでしたか？」

答えが待ち遠しかったが、すぐに回答が来た。

「あなたはキラキラした銀のオーラですよ」

最も嬉しい答えだった。そして最も運気が上がる創香をくださった。

もちろんそれからの運気はとても良い。

夫人のお母様は京都の高台寺、秀吉の正妻ねね様のお寺で副執事、尼様をしておられる。

恐れ多い、神秘的なご家族である。

このご縁も『鹿島神宮ループ』と言えよう。

水戸の弘道館にも鹿島神宮の分社がある。水戸斉昭が考案した弘道館は、生涯学習ができる永遠の学び舎だった。

二十一　消えた整備員　つくばサーキット

（下妻市村岡）

レースが始まる前に、チームでメカニックをしている吉田さんが行方不明になった。買い物に行くとも何も言わず、急に消えたのだ。

何処を探しても見当たらない。

開始の時間が迫る一方、携帯電話に連絡してもコールするだけで出ない。

マシンの整備はできていたので、メカニック不在のままレースが始まってしまった。だが特にマシントラブルもなく、無事にそのレースは終わった。

「吉田さんそれにしても半日いないよな。そろそろ捜索願いなんじゃやないか？」

半ばチームの仲間たちが冗談交じりで言っていたが、夕方になっても戻ってこない。

「これは途中で事故にあったかもしれない、やっぱり警察に通報しよう」

となり近くの警察署まで行くことになった。

すると驚いた。吉田さんが署内の椅子に座っていたのだ。

チームの皆は駆け寄った。

「吉田さん！　どうしたんだよ、戻ってこないから心配したよ！」

「何かトラブルでもあったのか？」

口々に理由を聞いた。

「……ああすみません。僕も全くここに座ってる意味がわからなくて……」

吉田さんが言う事情はこうだった。


ピット内でバイクの整備をしていたら、見知らぬ男性が入ってきた。

振り向きざまに首元を掴まれ、数回顔を殴られた。痛くて倒れ込むと、今度は足で蹴り続けた。命からがら、とにかくピットから出なくてはと思い、この乱暴な人間がここにいたらバイクはどうなるかわからない心配はあったけれども、無我夢中で逃げた。

十分ぐらい道を必死で走り続けてたら、パトカーに保護されたという。

皆その話を聞いて首をかしげた。

バイクはそのまま普通にレースに出場できるくらい整備できていたし、そんな乱暴な人間ならピット内をぐちゃぐちゃにするくらいはやりかねない。なのに荒れた様子もないし、そういう人も誰も見ていない。

そこに刑事がやってきた。

「吉田さんの関係者ですか？」

「あ、はい。つくばのレースチームの者です。彼は整備をしていて、急に朝からいなくなったんで捜しに来たんですよ」

刑事は声をひそめて聞いた。

「そうか……彼は変な薬物とか普段やってない？」

「いえ、そんな人じゃないと思いますよ」

「じゃあ、病気かな。一度病院で検査するよう言っておいたんだけども……」

「どうかしたんですか？　吉田さんは被害者でしょう？　暴行されて逃げたって聞いてます」

「そう言うけども加害者はいないからなあ」

吉田さんを保護したお巡りさんの話では、道路の真ん中を大声で走っている人がいると通報を受けたのだそうだ。

現地に向かうと吉田さんは道路の片隅で大声で何かを口走り、しゃがみこんでいた。

吉田さんをパトカーに乗せて署に連行したら目が覚めたように落ち着いたという。

当の本人は一切その記憶がない、吉田さんはまだ恐怖に怯えている様子だった。

「追いかけてくる気がして帰りたくないんですよ……」

警察署の扉が開くたび、吉田さんはビクッと体を震わす。やはり今までと違う。

「これはいけない。お寺でお祓いしてもらおう」

レース場では事故も多発する。中には霊が憑りつくレーサーもいるが、メカニックに悪さをしてくる霊はあまりいなかった。

住職は吉田さんを見るなり、すぐに奥の部屋に招き、塩を撒き除霊を始めた。

話では、彼に現れたのは浮幽霊ということだった。

この霊は生きていたときはバイクの整備の仕事をしていた。だが、借金を苦に自殺してしまった。

サーキットを訪れピットで作業しているメカニックを妬み憑依したそうだ。吉田さんに恨みがあったわけではなく、たまたまいたから憑依したのだろう、ということだった。

「ただ、安心していけないのは、浮遊霊に憑依されるとこのように道に飛び出たり、頭がおかしくなったかのようになる。人や物を傷つけることもあるし、飛び出して事故や落下したりと二次災害のような危険性がある」

これを聞いて、チームのメンバーは皆ぞっとした。

これがもしピットにいたのがレーサーで、レース中に憑依されていたら……。

吉田さんはそれ以来メカニックの仕事は一切やめ、現在は家業を継いでいる。

二十二　首上げ料　百里基地

（小美玉市百里）

現在はもう退役したが、この百里基地ができた頃から七年勤めた僕の伯父が体験した話だ。名を高崎（仮名）という。

防衛大を出たあと、空自官となって初の赴任地。

最初は下っ端なので官舎に入れず、民間の古家を借りていた。

隊員は官舎に入ってしまえば地域の人と密着することはなかったが、この状況なので大家さんに家賃を払いに行くときはこの辺りのは昔話や近所の話をきくことがあった。

唯一、この辺りで話す茨城の人は大家さんの他にお百姓さんもいた。

基地ができるにあたり、地域に住む人々に補償金を支払うことになっていた。それを「首上げ料」と呼んでいた。

それはこの地域はほとんどお百姓さんが住んでいたが、飛行機が何度も日中に飛び上がるたびに、手を止めて空を眺めてしまう。それで作業を止めてしまうことを補償するものだった。

眺める時に首を上げるから「首上げ料」というのだそうだ。

お百姓の一人に、ヨシさんという高齢の女性がいた。

「おれは、ゼロ戦が空に飛び立ってってときから知ってんだよお」

そう笑顔で話してくれる、明治半ば生まれの気丈な女性だった。

立ち話しながら何となく二人で空を眺める。時折練習機が轟音で飛び立っていくのを首を上げて黙って眺めている。そんな時に声を出しても聞こえやしないからだ。その日はヨシさん、不思議なことを話し始めた。

「……よく飛ぶよなあ。それはいいんだけども夜中にぴかーっと光らせて何か飛ばすの、あれが気になっぺ」

「ぴかーっと?」

夜間飛行も当然行うし、急なスクランブル（急発進）は行う可能性もある。戦闘機独特の飛行で、低空の水平飛行からほぼ垂直に一気に一万メートルくらい高度を上げる。つまりかなりの轟音が響き渡る。

丁重に謝り、どんな物体で時間は何時かを聞いておくことにした。

「いやあ、ゴオオってでっかい音立てて、夜中だし迷惑だよなあ」

「そうですか、すれはすみませんでした」
「何度もってわけじゃねえけどな」
「夜間飛行だとライトなしには危険ですので申し訳ありません」
「そうじゃねえんだよな」

詳しく聞くと、ヨシさんの話はこうだった。

夜の十時くらいに、突然轟音が鳴り、飛行機が飛び立つのかと思い、外に出てみた。すると飛行機らしきものはなかった。

代わりにかなりの大きさの円形の飛行したものが家の真上に漂っていたという。

ヨシさんが見上げると、その物体からかなり強い光が出て、ヨシさん自身が光に包まれたような感覚になったという。それくらい眩しかったそうだ。

このままだと自分が溶ける、熱いっと思ってしゃがみこみダンゴ虫みたいに丸くなったら大丈夫だった、戦時中はそうやって体を丸くしたり伏せて空襲から逃れるよう言われてたんだ、という説明があった。そうしてるうちに光は消えた。

そして、物体はすぐにひゅーんと横に飛んでいったが、飛行機の動き方とは違うから、外国の戦闘機が飛んでるのかと思い気になって見ていた、ということだった。

高崎さんは、それはお年寄りにも多くある誇張した表現だろうと思って、受け流しながら聞いて帰った。だが、「光る大きな円形の飛行機」という戦闘機は飛んでいない。また、その周りの住人に聞いてもわからないと答え、ヨシさんが見たものが何か。もしかして、最近日本で流行しているUFOが？　とも考えたりした。

百里では戦後開拓された農地も敷地内にあり、栗拾いや果物等を狩る事ができ、それが高崎さんの楽しみだった。自衛隊員はそうしたのんびりした時を過ごすことも多かった。

ヨシさんの話を同僚にすると
「反対団体もまだまだいるからなあ、何とも言えんな」

「しかし聞いてると何だかUFOみたいな雰囲気じゃないか？」

同僚は眉をひそめて言った。

「おいおい、お前はパイロットじゃないからいいけど、パイロットが飛行中に『UFOを見た』と言うと地上勤務にさせられるって噂あるから気を付けろよ」

「てことは、地上勤務の俺はどこに行かされるんだ？」

「さあなあ。でも興味本位に言わないことだな」

同僚はやや冷めた目で彼を見た。

次の月、ヨシさんの所へ行くと『忌中』の張り紙がしてあった。

呼び鈴を押しても誰も出てこない。

ヨシさんは独り暮らしで、子供は東京に住んでいると言っていた。となると亡くなったのはヨシさんしかいない。あんなに元気だったのに。

帰りに大家さんの所にヨシさんの家のことを聞きに行った。

聞くと、彼女はつい三日前に心臓発作で倒れ亡くなったのだという。高崎さんはがっくりと肩を落とした。

「ヨシさんとはよく話をしていたので……もともと心臓が悪かったんでしょうか？」

「いや、急に倒れたんだよ。遺体見つけたのは朝、配達の人がさ。庭でぶっ倒れてたんで通報してくれて……聞くと夜中十二時くらいに心臓が止まったみたいなんだよなあ」

「夜中に……何で庭にいたんでしょうか、ヨシさん」

「さあなあ、でもこのところ空に何かあるとか言っては外に出てたみてえだよ。でっかい飛行機に呼ばれてるとか何とか。宇宙と交信でもしてんのかーって笑ってたんだあ。あんまりヨシさんが言うもんだから、まわりじゃあごじゃっぺ言うな（でたらめ言うな）って言われてたっぺ」

「そうだったんですね」

「だって、誰もそんなもの空に飛んでんの見てねえって言うんだよ」

「そうですよね、飛行機ではないようでした」

「……思ってたより、もうろくしちゃってたんだなあ。でも、いつか捕まるかもしれねっからって財産やら土地やら子供に分けたりしてて、何も面倒くせえことなくて済んだんたんだよ。ほれ、相続とか色々大変だっぺ？　けども、ヨシさんはお迎えがわかってやってたんだろうかって話してたんだ」

「お迎え……ですか」

「俺ら年寄はそういうもんが上に見えるときは絶対見上げるなって言ってんだ。憑りつかれちまう。おっかねえ（怖い）もんは見ねえようにしてる。天国からのお迎えのことだ」


高崎さんは思った。

空に現れた光はヨシさんをお迎えに来ていたのだろうか。

ご先祖様か死神が。それとも宇宙からのメッセージか。

ヨシさんが天に昇っていった道筋をゆっくりと首を上げて眺めた。


その後、戦闘機の墜落等で亡くなったパイロットもいた。自衛隊の中では事故と処理されているが、空で未確認飛行物体を見たと証言たする隊員もいたことから騒ぎにもなった。

戦闘機の事故が多かった理由の一つを聞くと、遠心力などで機体がさかさまになって飛行した場合が多い。急上昇するとき、3Gなど重力の負荷があるが水平飛行だと1Gになり、パイロットにはそれがさかさま飛行や横向きの場合かどうか、わかりにくいのだそうだ。

地上の漁火が星に見え、上昇しようとして、地上や海に墜落してしまうのだ。さかさまのまま落ちることもあったようだ。これもUFOの仕業だろうか。

茨城空港と共用で現在使われている百里基地。滑走路が二本あり民間用と自衛隊用に分けられている。

関東で唯一の戦闘機が配備された航空自衛隊の基地でもあり、最新鋭の戦闘機を配備する基地でもある。昔、旧ソ連のミグが函館に亡命到着したとき、民間船に分解して茨城の港から百里基地に運ばれた。輸送の時は陸海空の自衛隊がソ連からの攻撃がないか、緊張感ある守備をしていた。

戦時中も海軍の飛行場であり、戦後は開拓団が入り農地として開墾していた。

そのため昭和四十年代には航空自衛隊の基地としてここを買収することになり、住民の反対運動なども起きたことがあった。

タクシーウェイという滑走路までの道も本来はまっすぐでないといけないのに、くの字に曲がっていたのは、その時の反対住民が土地を譲らなかったからと言われている。

UFOに関しては、遠い昔に筑波山にお釜型のものが降り立ち、天女のような女性が現れたという物語が残っている。基地からも筑波山が見える。

絶対に違うとは言い切れないところが、未確認飛行物体の奥深さだ。

二十三　百里基地と特攻隊霊

（小美玉市百里）

平成三十年十二月二日、平成最後となる百里基地の航空祭に出かけた。

神奈川からの友人と特急ときわ車内で待ち合わせし、石岡駅で降りて基地までのシャトルバスに乗った。十数万人集まると言われる航空祭だが、ときわの車内はガラガラであった。しかし会場に着くとたくさんの航空ファンであふれかえっていた。

六十年の役を終えるＦ４戦闘機を見に集まった人も多かった。

僕もその一人で、今まで航空祭を見に行ったこともなかったが、例の伯父のすすめでこの地に向かった。赴任地だった百里を見てもらいたかったようだ。

会場では陸自や空自、海自の制服のコスプレもできたので、さっそく真っ白な詰襟の海自の制服で海軍式に右手敬礼して、自撮りをした。

見ていた空自の担当者がため息交じりに、

「よく似合う」

と言って誉めてくれた。周りの観客にまで写真を撮られたので、よほど似合っていたのだろう。

戦闘機の飛行ショーが始まった。

離陸後、低空の垂直飛行からほぼ直角に高度を上げていく姿は実に感動した。

戦闘機はマッハ数キロが出る。東京と大阪の五百キロは約十一分で着く。隣に（といっても何キロか不明）茨城空港があり、旅客機も並行した滑走路を飛んでいく。この姿を見ても、民間機と自衛隊機が同じ航路を取らないというのがわかる。

戦闘機の場合、垂直低空飛行から高度を上げていく飛行になる。

そのためか、爆音が轟く。しかし大空に舞う姿は左右ヒラヒラと鳥のように自由に動き、真横の向きで旋回したり、優雅でかっこいい。

「すげえ」

以外に言葉が出ない。作家なのに残念な表現力だが、飛行機が飛ぶたびに背筋がゾクゾクとする躍動感にかられる。高揚感でもあり、何とも言えない上昇した気持ちになる。

雲が多い日だったが、太陽がのぞき金色の晴れ間から『天使のはしご』と呼ばれる幾筋もの光の棒のような筋が地上につながって見えた。

一般的に『天使のはしご』が出るときは、霊体が天上界に上がるとき、もしくは降り立つと言われる。

百里の空は広大な土地と同じく、遮るもののない三百六十度開けた空。伯父が言うように茨城は遮るものがなく航路が作りやすいので、ここに戦闘機を配備したというのもよく理解できた。

また、羽田と成田と百里の位置は三角形になるように距離がほぼ同じなのだ。

海軍の航空基地だった百里のほうが歴史は古いが、いざというときにすぐ飛びたてるようになっている。首都を守る位置だ。

かなり多い見学客の中、最後まで滑走路を飛び立つ飛行機を見ていたら、いつしか観客も減っていた。ふと後ろに人が立った感覚があったが、振り向くといない。この繰り返しだった。

戦闘機ははしごで機体に上がり、二人のパイロットがコックピットに乗り込む。機体に立っている姿がとても雄々しい。そしてゆっくりと離陸場所まで進むとき、必ず観客に向かって手を振る。

こちらもそれに合わせて手を振るが、その瞬間にある光景が見えた。

特攻機に乗り込んだ乗組員が滑走する間、大きく手を振っていた。

それを見ていた隊員たちも大きく振り返す。

また背筋がぞくんと寒くなった。しかし怖さではない。

こうして飛んでいったが、帰ってこなかった。一般の住民もその光景を見ていて手を振ったが、戻ってきたかどうかなんてわからなかっただろうな、と。

この手を振る行動はオーバーウェイブと言って、飛行機に対して行う行為だそうだ。僕は思った。

こうして飛ぶパイロットはいつも死を意識している。だからこれが今生の別れと思って手を振っているのでは、と。そのときだった。

「俺たちは軍人だから敵を倒しに行ったんだ、それだけだ。かっこいいだろ？　飛行機。俺たちは空に憧れたんだよ。わかってくれ」

そんな気持ちが僕の中に入り込んだ。

特攻隊の英霊たちが後ろに立って、戦闘機が飛び立つのを見ている。それが感じられた瞬間だった。その日は何も食べず、ただ飛ぶのを見ていた。

帰りはバスを待ち、石岡駅から常磐線の急行しかなく、ときわには乗らなかった。友人も常磐線でのんびり帰ろうと言ったからだ。

何駅か通過し、土浦駅に着いた。

なぜか土浦駅で数分間停まり、電車の扉が開いたままだった。

「各駅停車の待ち合わせかな」

友人が呟くと、いきなり電車内の電気が消えた。

ふうっと、僕の体から何か抜けていく感じがして、思わず開いたままの扉とホームを写した。特に霊体は写らなかったが、オーブのような白いものがあった。土浦は海軍があった本拠地。今も阿見にある予科練記念館の隣の武器学校は元海軍の敷地だった。予科練はもちろん、特攻隊の少年兵を養育する場所だ。

「帰っていかれたんだな」

僕は敬礼をした。脇を固めた海軍式のコンパクトな敬礼で。海軍の場合は狭い船で敬礼するので、陸軍のように脇は開けないのだ。

彼らはゆっくりと百里から土浦まで常磐線に乗って帰った。オーバーウェイブをしながら、後輩に笑顔と緊張の面持ちで敬礼しつつ。

と僕は感じた。

二十四　百里基地と特攻隊霊二

（小美玉市百里）


その夜、僕は親しい友人にこの百里での話をした。友人は静岡に住んでいる。

「彼らは勇敢で闘いに行ったたから俺たちはかっこよかったんだよって心が伝わってきたよ」

すると友人からこんなメッセージがきた。

「いや、この戦争で苦しくて悲しくてつらい思いをした人がたくさんいる。その人たちのことを思うと涙が出て止まらないよ」

そう言って、旧日本軍の戦闘機の絵が送られてきた。

最初写真かと思ったが、絵だった。それほど精密に描かれていた。

「これは今描いたの？」

話をしながら描いたとは思えない高度な技術で描かれていた。ほんの十分くらいでこの絵が完成したことになる。

「そうだよ。今たくさんの兵隊が取り囲んでる。特攻隊の人が、みんないる」

「涙が！　止まらないよ。かわいそうで止まらない！」

友人からの連打に僕は青くなった。

以前の茨城壱でも挿絵師が特攻隊の何十人という兵に取り囲まれ、挿絵が完成したのだ。

同じ現象が起きたのかもしれない。

どうしようと思っていると、さらにこんな内容になった
「助けて海生！　みんなが体に……」

「大丈夫？　電話しようか？」

すると、

「僕は十六歳で死んだ。死にたくなかった」

「みんなかなしくてそらでないてる」

「しにたくなかったのに、だれのせい」

と次々と連打してきた。どうやら本当に憑りつかれたようだ。

「あなたは飛行機に乗った？」と聞くと
「そうだよ」

「少年飛行兵だった？」

と聞くと、

「そうだよ」「それがどうした」

「この人いっしょにないてくれた」

「きれいなこころ　すき」

「連れて行く」

と変化していった。

どうしようもない悪寒と焦りとなぜか怒りがこみ上げた。特攻隊の英霊たちと違う意見の兵士なのか……と挿絵の原画を見つめた。

「ぼくのどがかわいた」「のみもの」「たべもの」「このひとくれた」「連れて行く」「天皇」「見たことなし」とひらがなの羅列が続くかと思えば、堅い言葉が出る。これは確かに複数の霊が憑りついている。


すると、この友人から電話がかかってきた。

「大丈夫か？　その霊は変だ。前の挿絵師のところに連絡してみる！」

「うぐあああ、だ……いじょうぶ……ぐあああ」

と今まで聞いたこともないだみ声というか地下の声というか、いつもの友人の高い声ではなかった。明らかに低い男の声に変わってしまった。

これは本当に憑りつかれた状態だと悟った僕は、なんとかせねばと思い、深夜にもかかわらず例の挿絵師の先生に連絡した。

一連のメッセージをスクショし、戦闘機の絵を送った。既読がついたあと、先生がこう書いてよこした。

「この絵は描いた本人の気が描かせている。自分のところにきた特攻隊の兄ちゃんたちは、たべものくれたとか、連れてくなんて絶対言う感じじゃなかった。軍人ですよ、相手は。多分全然違う霊が数体で虚言しているし、この描いた友人さんはどうも一銀さんに会いたがっているようだ」

「確かに、友人とは会う予定がありますが、これは茨城壱に来られた英霊の方々じゃない、ということですか？」

「はい。全く違うし、絵のタッチも違います」

それに自信をつけて、挿絵師が描いた魔よけの絵と茨城壱のゼロ戦と特攻員の絵を送った。そして強気で言った。

「〇〇（挿絵師の名前）に会ったか？」

「僕、会ったよ」

「会ってない。挿絵師のところに来た特攻隊の兄ちゃん達はこんな甘えた言葉は言わなかった」

「……」

「わかった　でる」

そこからこちらのメッセージでの猛攻が始まった。

「出ろ、○○の絵はこれだ。本物はこれだ」

「うるさい」

「出ろ、その人から離れろ」

「みんな　でよ」

「二度と来るな」

「でる」

かくして、友人は息を吹き返し、しばらく経ってからメッセージが来た。

「さっきはありがとう、体が軽くなった」

とあった。

「塩を盛り、二度と亡くなった人のことを同情しないように」

と答えた。

十六歳と言った霊のことが気になり、同い年くらいの霊感がある子にこのやり取りと絵を見せた。

「この人は確かに戦争で亡くなってる。多分、ゼロ戦や戦闘機にあこがれて絵を描いていたけど、空襲で亡くなった子じゃないかなあ。しかもたくさんの同じような子供が死んだ場所にいる」

こうして無念の中、敵機の空襲で亡くなった一般人もいれば、特攻基地でとことんまで空襲を受けなくなった少年兵たちもいたのは事実だ。

軍人教育を受けた者は、常に精神力が高く、平常心を維持できるような素質があったので、合理的な考え方ができた。

しかしその教育を中途半端に受けた者は、こうしてつらい思いで供養されずさまよっているのかもしれない。

生きているものが、死んだものの心を都合よく受け止めるのはよくない、と感じた。戦争を美化するものではないが、戦闘機という武器が「かっこいい!」と思った僕への警鐘にも感じた。

だからこのぞっとする実話を載せることにした。

これがその時のやり取りのスクリーンショットである。

そして、この絵がその時に描いてきた、異様な速さと精度の戦闘機である。ゼロ戦かと思いきや尾翼やオイルタンクがない。

戦闘機イラスト：Hiro

つまり、写真を見て描いた代物ではないということだ。

集まった霊が描かせたものだろう。

その後、友人はさらに戦闘機や空襲の絵を描くようになった。夜間戦闘機「月光」「満月」そして表書きを飾る特攻の絵は、このやり取りの次の日に送ってきたものだ。何度も言うが、友人は絵描きでも戦闘機マニアでもない。

集まる霊が描かせ、さらに絵の精度を上げたものなのだ。

二十五　日立鉱山病院跡

（日立市）

日立鉱山が閉山になったのは平成十一年、明治からの産業遺産は今も記念館の中にあり、その頃の山の全盛期を偲ばせる。本山地区と言われるこの鉱山の街は、昭和四十年代には何万人もが住み、小学校は二千人も通っていた。戦後の復興を支えたのもまたこの産業であった。一山一家族と言われたように、この山では病院も劇場も店舗も学校もあり、大きな街を造成してあった

三十年ほど前はこの廃墟病院の跡地が、車の免許を取った若者達の肝試しスポットになっていた。鉄の門扉は頑丈に閉められているが、いくらでも飛び越えて中に入れた。哲也さんもその一人で、友達の車に男友達三人でそこへ行った。

入口手前に車を停めた。他にも何台か道に停まっていたので、同じように肝試しをする連中がいたようだ。哲也さんはあまりこうした怖い場所が好きではない。二人のオカルト好きな友達に乗せられてきただけだ。

他に車があるのを見て安心した哲也さんは、一人でこの車内で待っていることにした。門を見ただけですでにおっかない。

「俺、やっぱおっかねえし、車ん中で待ってる」

「哲也はそう言うと思った。怖気づいたか」

「ああ。ここで待ってっから、早く行け」

そういうと、二人は興奮して奇声をあげながら鉱山病院の門を飛び越えて中に入っていった。哲也さんは助手席でラジオを聞きながら煙草を吸って車内で待っていた。今のようにスマホもない時代なので、車で聞く音楽はカセットテープかラジオだった。カセットを入れたが、うまく再生しないのでラジオにしたのだ。

「キャー」

という女性の声がラジオから流れ、ぞくっとした。多分、深夜なのでそういった怪談番組なんだろう。別の番組に変更した。

車の中にいたら、窓をドンドンと叩く音がした。友達が帰ってきたのかと思ったらボンネットの前に人が三人立っている。ヘッドライトを付ければ済むが、他の肝試しに来ている人が間違ってうちの車に来たのかもしれない。哲也さんは免許を持ってなかったので、車の扱いがわかっていなかった。

その三人は助手席、運転席、後部席と動き、中を覗いてきた。

「あんたらの車じゃねえよ。あっち行きな」

外の三人にわかるように室内灯を点けて、違う違うと手を振った。するとその三人はすうっといなくなり、別の車の方へいったようだった。

「ちっ。しつけえな（しつこいな）、自分の車ぐらい覚えとけよ」

また煙草に火を付けていると、ドンドンドン！　と運転席の窓を叩く音がした。またさっきの奴らだ。哲也さんは助手席の窓を開き、

「違いますってさっきから言ってんだろ！」

と怒鳴ると、一人の顔がぬっと窓を覗き込んだ。

「うわっ何だおめえ」

その顔は真っ黒だった。いや、顔の形はひとつもなかった。目も鼻も口もない。ただの肉塊。真っ黒なのっぺらぼうだ。体も服も来てない、全身タイツみたいな真っ黒な人たちだった。いや、歯だけ白く見える。怯えながらも窓を閉め、ラジオの音を大きくして助手席で震えていた。また、ドアを叩く音がする。

「やめろ！　入ってくるなよ！」

と哲也さんが怒鳴ると、キーを解除する音がしてドアがガチャリと開いた。

「うわあ！」

「うわあ！」

入ってきたのは友だちだった。少し安心したが、寒気が止まらなかった。

「いやーおっかなかったなあ！」

「哲也、大丈夫かあ〜」

「おめえらおせーよ。一人はやっぱ、おっかねかった（怖かった）」

「わりい、わりい。中で可愛い女の子たちと一緒に肝試しすることになってよ、哲也も来りゃいがったな、おめえの好みっぽい女もいたのに」

「ふーん。その子達はどこ行ったんだ？」

「俺らより先に出ていったなあ。哲也、会わなかったか？　一緒に二台で帰ろうって誘ったんだけど、さすがに警戒したかな」

「おめえがガツガツしてっから、女も引いたんだ」

哲也さんはやっと笑った。

「んだよ、言ってくれりゃあ行ったのに。女は何人いたんだ？」

「三人だ」

哲也さんはさっき見た黒い三人のことは、落ち着いてから話そうと思った。女の子が出てきたと言われたが、実際はそんな子は見ていない。だけどここで言ったら、運転手がパニックになって事故に遭いかねない。友人の隣でうとうとしながら話を聞いていた。

「あれ、あの子たちの車どれだったんだろうな」

「先帰ったんだろ。待っててくれるわけねえな」

後部シートの友人が奇妙な事を言った。

「何かあの子達、この車に一緒に乗ってるみてえな気がすんなあ」

「よせよ。気味わりい」

「なんで気味わりい？　可愛かったのによ」

そう言いながら家路をたどった。特に走行中は問題はなかった。寒気だけはひかず、この話は人にはしなかった。

後で聞いた話だが、運転していた友達はその後、高速道路の事故で亡くなってしまった。みんなで乗った車は大破した。

蛇行運転していたと証言があったので、居眠り事故だったようだ。

哲也さんはその事故はあの黒い人影があの車にくっついてたから起きたんじゃないか？

と思っている。友だちが中で会った女の子たちが、黒い人影が姿を変えて道先案内人になったのでは……と。死の案内人に。

一九〇五年（明治三十八年）以前は赤沢銅山と呼ばれていた小鉱山であり、水戸藩政時代も鉱毒問題などで開発が進まなかったが、同年久原房之助氏が経営に乗り出し、日立鉱山と改名され本格的な開発が開始された。

日立の言われはこの土地が日立市であったことから。紐解くと、光圀公の日が立つ場所という表現からついたといわれる。日立という地名が社名になった。久原氏の経営開始以後大きく発展し、一九〇五年（明治三十八年）から閉山となった一九八一年（昭和五十六年）までの七十六年間に、約三千万トンの粗鉱を採掘し、約四十四万トンの銅を産出した日本を代表する銅鉱山の一つとなった

ただ、銅山であり、精製の時の鉱毒もあれば、採掘時の爆破で大怪我をする人もいた。緊急応急手当のためにに山を下りる搬送は難しい。そんな人々のために大雄山病院ができた。それを一般的に日立鉱山病院と呼んでいた。

採掘現場に火災や爆発はつきもので、真っ黒になった遺体や人の形をとどめないけが人も多かったと聞く。日立鉱山の廃坑に伴い、現在の日立鉱山病院は、日立市街地に移転し

立入禁止
KEEP

た。それで廃病院が心霊スポットとして有名になったのだ。
現在はもう更地だ。場所は常磐道の日立インターの辺りになる。

二十六　五浦海岸にて

（北茨城市大津町）

「飯食ってから水さ入れよ。餓鬼に喰われっかんな」

これは賢さんが昔から言われていた言葉だった。海や川には餓鬼がいて腹が減った子供の足を引っ張って水の中に連れ込もうとする。水場に入る時は、必ず何か食べてから入れという家の言い伝えがあった。

中学校三年の夏休み、友達と数人で五浦海岸より南の海水浴場に出かけたときの話だ。ボディボードをするために、数人で海に入り、波間に揺られていた。賢さんは高萩に住んでいて、夏になるとこの海で遊んでいた。初心者レベルなのに、今回は中級レベルの友達と沖の波間で待っていたら、潮の流れが速く、ぐんぐんとさらに沖へ流されていってしまった。

「そういやあ、飯食ってなかったな……」

その時それが頭に浮かんだ。ボードに捕まるのが精いっぱいでパドリングしながら陸を目指そうにもとてもたどり着かない。友達の姿なんてとてもわからなくなってしまった。どこからか意識が遠くなってしまい、ボードに揺られながら海を彷徨っていた。船が来たら助けてくれる、海岸にライフガードもいるさ、そんな感覚でいた。沖の方にかなり高い波が見えたので、この勢いで陸へ向かおうとしたとき、ボードもろとも波に飲まれてしまった。

その時だった。海の中で波に飲まれながら、必死で海面に出ようとしていた時だった。思いっきりぐいっと足が何かに引っかかり上がれないのだ。

賢さんは水も飲んでいて、溺れる寸前だった。引っかかったものは何か足を見ると、無数に伸びる白い手だった。まるでイソギンチャクみたいにゆらゆらと、しかししっかりと賢さんの足首を握る手があった。いくつもいくつも下から伸びて来る。

(助けて！　お母さん！　お父さん！)

意識が遠くなりながら、賢さんは心で叫び続けた。

すると目の前に数人の人の顔が現れた。どれも知らない顔だったが、見たことがある顔がひとつだけあった。

その顔は、小学校六年の時に福島に転校していった女の子の顔だった。

学級委員も一緒にやって仲が良かったが、親の不幸か何かで突然いなくなった。美緒と呼んでいたのを思い出した。

(美緒！　ここにいたの？　しばらくぶりだなあ)

すると美緒はにっこりとうなづいた。

「一緒に行かない？　美緒のいるとこはええとこ（良いところ）だよ～」

（いやあ、俺はここに住んでてえよ、早く陸に上がりたい）

　美緒は悲しい表情になった。

「賢ちゃんと一緒に行きたかったんだよ、行くべ？」

（いやあ今は無理だ。陸に上がったら美緒のとこに行っから）

「本当だね？」

（本当だ、だから助けで）

「わーがった（分かった）」

　そう美緒は言うと、賢さんの足の手を外してくれた。何人かの顔が見えたが、色んな顔だった。坊主頭の人、三十代くらいの人、幼い子……どれもみな立って海中に浮いていた。これが餓鬼？　いや、ここに住んでいる人たちだろうか……？　気が付くと美緒の顔はどこかへ消えてしまった。

　賢さんが目が覚ました時は救急病院の担架の上だった。肺に水が入ってしまい、無呼吸のままになっているところをライフガードに助け上げられていたそうだ。北の五浦海岸の方向まで相当に流されていたという。海水が肺に入り込み、X線で撮ると肺が真っ白だったそうだ。

入院しているときに、母親に美緒のことを聞いた。

「信じねえかもしんねえけど、俺、海の中で美緒に助けられたんだあ、覚えてるか？ 一緒に学級委員やってて……俺と一緒に美緒が転校したとこに来てくれって言うんだ」

母親は驚いた顔で賢さんを見つめた。

「……で賢は何だって答えたんだ？」

「とにかく陸にさ、上げてくれたら美緒に会いに行くべって言ったんだ」

「……会いに行くって……それは無理だ」

母親の声が小さくなった。

「へ？ 何で？ 美緒はどこに引っ越したんだか知らねえの？ 母さん」

「美緒ちゃんは、お父さんの会社が倒産して夜逃げしたんだ。皆で手に縄付けて、五浦海岸のとこで飛び込んだそうだ……無理心中だったみたいだ。後で遺体が打ち上げられたって、北の福島の海岸で上がったみてえだよ。縄がついてたって誰かがいってたんだ……」

賢さんは驚いて言葉が出なかった。

「賢、もう頼むから二度と海には行かねえでくれ。一緒に海岸のとこ行って拝もう。お墓もどこにあんだかわかんないんだ」

「……わがった」

賢さんはつつっと涙がこぼれた。もう生きている美緒には会えないんだなあ、と。だけど俺はここでまだ生きていきたい。親や兄弟、じーちゃんばーちゃんと。

「一緒に行くべ」

海の中で響いた美緒の楽しげな声。同じ言葉を言われて入水自殺したのかと思うと……

その後も後遺症なのか、肺の病気で何度か賢さんは高熱を出した。

熱でうなされる度に賢さんの頭の中に聞える言葉がある。

「まだ来ねの？（来ないの）」

美緒さんの声が頭の中で轟くのだと言う。

夢で逢うと、彼女の腕にしっかりと縄がついていた。賢さんの腕にも縄がかけられていた。

（美緒は飯食えてなかったんだろうか……）

賢さんは今も子供を連れて海にいくたび、大量の食べ物を持って行く事にしている。霊に引き込まれないようにと、餓鬼も美緒もお腹が空かないように、だ。

五浦海岸は北茨城の断崖絶壁の海岸である。宮城の松島を思わせる、美しい景観があるので、観光客もよく訪れるが、崖の特徴でもあり自殺も多かったようだ。

東京芸術学校（現　東京藝術大学）の初代校長であった岡倉天心が、内紛で職を追われた後、水戸の武家出身であった横山大観らを率いてこの地に移り住んだ。六角堂などが有名である。東日本大震災では津波の被害で水がこの崖の上まで上がり、流されてしまったが、現在は復元している。美しい海岸線の砂浜もあったが、土砂崩れで無くなってしまった。遊泳は禁止されている。

横山大観はここでの生活の苦労や絶望感を、その後の作品に生かしているともいえる。東京駅の駅長室と天皇陛下を迎える貴賓室にも大観の絵が飾られている。しかも無料で提供したという。その当時は大観は熱海に住み、東海道線沿線住民だった、そのため絵も富士山になっている。

五浦海岸に滞在のころは、常磐線に乗って、この海岸から見える太平洋を描いたであろう。

二十七　保養所の防犯カメラ

（大洗町）

大洗海岸の近くにはたくさんのホテルがある。その中にはラブホテルもあれば、会社の保養所、そして経営難だったのか廃墟ホテルもある。今は保養所も随分少なくなり、オーナーが替わって経営しているところが多い。

後藤さんが同僚と三人で保養所に泊った時に起きた話だ。

部屋にあるお風呂場の洗面台の扉が少しだけ開いていた。

何となく後藤さんは気になって扉を閉めにいった。十センチほど開いていただろうか。電気をつけっぱなしにしていたので、その電気も消そうと、見えていたスイッチを隙間から伸ばして探った。その時だった。

電気が付いた瞬間に足が見えたのだ。足の指にマニキュアがしてあり、女性の足だった。十センチの隙間にあった。

「キャー！」

後藤さんは思い切り叫んでしまった。同僚たちは驚いてその声に起きた。

「どうしたの⁉」

「今、ここに手をいれたら、足があったのよ！」

それからすぐに受付に話し来てもらった。だが何もなかった。

「もしかしたら、廊下に何か映ってるかもしれませんね」

すぐ廊下の映像を見せてもらった。不審者などが入らないよう最近はこうしてカメラが設置してある。

廊下は数人は行き来していた。だが普通の人間しか歩いていない。

「あっこれ！　何？　巻き戻ししてください」

同僚の一人が言った。もう一度巻き戻しして拡大する。

ひたひたと歩く足だけが映っていた。足首から下だけでその上はなかった。この部屋の前で止まり、そこから映像は途絶えた。足が消えたのだ。

四人共悲鳴を上げた。そして受付の人が何か知っているように口ごもった。

「これは……」

「この部屋、なんかあったんですか？」

「いや、何もないんです。ただこのすぐ裏のラブホテルでも霊が出たって騒ぎになってて……多分、水死者の霊だろうってことになりました」

「水死者？」

「はい、海岸に打ち上げられた後、こうして浮遊するみたいなんですよね……最近もほら、身元不明のが上がったでしょ。なぜかこの近くの岸にたどり着くみたいでね……それも岩にぶつかったりで、足だけ、胴体だけってのもあるんですよ」

それを聞いて後藤さんたち四人は、すぐにその部屋を出て帰ることにした。

大洗海岸は太平洋に面した長い海岸であり、水死体が流れ着くことが多い。それも体の一部分ということもあるそうだ。岩場に当たり、人間の身体など粉々に砕けてしまうからだ。もしくは遺体をバラバラにして海に捨てられた人もいるだろう。

この保養所のすぐ近くにある、霊が出るという裏のラブホテルはまだ経営している。大通りを右に入ったわかりにくい作りで、その二階に出るそうだ。経営していた会社の総務がここまで給料を運んでいた二十年前からその噂は絶えず、経営者が変わってしまった。しかし今も別のオーナーが経営中で、隣が空き地になっている。試しに彼や彼女と心霊ラブホテルに誘うのもオツなものだ。足だけが歩いて、あなたを見張りにくるかもしれないが。

二十八　窓際の女子大生

（つくば市天王台）


Ｔ大学の大学生だった拓哉さんの話だ。

向かいにもアパートがあり、女子大生が住んでいた。

拓哉さんの部屋と同じ高さに彼女の部屋がある。カーテン越しに見える向かいのアパートの窓に映るシルエットを見てはあれこれ妄想するのが楽しみだった。

拓哉さんの車の隣に一台の軽自動車が置いてあり、そこからその彼女が出て、向かいのアパートに入っていくのが見えた。

時には女友達も一緒に帰ってきて、楽しそうな笑い声なんかも聞こえる。

ただ、不思議な事は、駐車場は隣同士なのに一度もそこで会えたことがなかったのだ。

彼女が乗っているのは相当古い車で、中も書類や本が散乱していた。

「結構小汚いんだな、この人」

清潔感がありそうな女性と思っていたので、その時はがっかりした。

そのうち拓哉さんの友達が頻繁に泊まりに来るようになり、声も大きくなるのでカーテンを閉めていた。おかげでその間は明かりのつく彼女の部屋は見れなくなった。

夏休みで友達も帰省して泊まりにこなくなった頃、向かいのアパートの窓を見た。

女子大生が窓際に立っていた。しかし後ろ向きなので顔がわからない。髪が長く黒く、白いワンピースを着ている。華奢で品がある後ろ姿だった。

「ああ、今日もいるんだな、良かった」

拓哉さんは胸をなでおろした。いつしか彼女が疑似彼女のようになっており、女友達じゃなく、彼女の部屋に男友達が来はじめたら嫌だなと思うようになった。


次の日、車を出して大学に行こうとして駐車場に降りると彼女の車がなかった。同じ筑波大の学生で、ひょっとしたら構内で偶然会えたらいいなと期待がふくらんでいた。

構内の広い道から外れたところに、なんと彼女の軽自動車が置いてあった。

「やっぱり！　彼女、ここの学生なんだ」

拓哉さんは喜んで、その車の近くにいた。

すると向こうからやってきた三十代くらいのひげ面の男性が、その車を開けて乗っていった。どうやら大学の研究員のようだった。拓哉さんはがっかりした。

「なんだ、彼氏さんがいたんだな……」


その後家に帰り着くと、また向かいの窓を見てみた。

今夜も彼女らしき後ろ姿が見える。見てはまた妄想する。いつかデート……なんて。

そのうち奇妙なことに気付き始めた。

その窓際の彼女の後姿がずっと動かないことに。

気になり、初めてそのアパートのその彼女の部屋の呼び鈴を押した。誰も出ない。ドンドン！　とドアを叩いていたら、隣の部屋の扉がガチャリと空いた。大学で見かけた彼氏とおぼしき男性だった。

「あのう、その部屋誰も住んでませんよ」

「え？　嘘でしょう？　いつも女の人がここのベランダに立ってるじゃないですか」

「ベランダに？」

「ベランダの窓にです」

その男性は真っ青な顔で答えた。

「そこの部屋、前に住んでた女子大生が亡くなったって聞いてます……僕も怖いけど安いから住んでて……」

その瞬間、彼女の部屋の中から
「ドンドンドン！」

内側から激しく扉を叩く音がした。

「誰かいる！　うわああああああ」

拓哉さんと男性はその場から急いで逃げ、階段を降りた。

目の前の駐車場にあの軽自動車があった。そのこともその男性に言った。

「僕は隣の車からあの部屋の女性が出て来るの見たんです。だからてっきり彼女の車だと思って……時々お友達も乗せて降りてくのも見たし、楽しそうに部屋で笑ってるのも見たし……」

「いえ、これは僕の車で、僕以外運転しません」

男性はさらに青い顔になった。

「その女子大生、友達と車で出かけて崖から落ちて死んだって聞いてます」

「そうなんですか……それ、いつの話なんですか？」

「二年前くらいって聞いてます。その子が大学二年の時で……二十歳になったお祝いに友達と部屋で飲んで、酔っぱらって運転して崖から落ちたって話です。生きてるときはすごく明るい人だったみたいで……」

男性と拓哉さんはしばらく話して別れた。その男性は大学の関係者でなく、仕事の関係で大学に営業に来ている人だった。車もその人の持ち物だった。

拓哉さんが見ていたのはその部屋に住んで、車の事故で亡くなった女性の霊に違いなかった。事故に遭った友達も来て、死ぬ前を再現してしまうんだろうか。


それから拓哉さんはすぐに隣町に引っ越した。自分の車も怖くなり売ってしまった。二度とあんな思いは御免だ。ちょっと高いが今度はワンルームマンションにした。

夏休みが明け、大学の友達がまた新居に遊びに来た。

彼は、髪が長くて白いワンピースを着た女性を連れていた。

「や、やあ久しぶりだな……そちらは……」

「拓哉！　久しぶり！　引越し祝い持ってきたよ。前よりいい部屋じゃん」

相変わらず友達は元気にやってきた。

うしろに立っている女性が気になり、拓哉さんは聞いた。

「……その後ろの人は彼女？」

「何言ってんだ、俺一人だよ！　はいこれ！　一緒に飲もう」

「お前……今日車に乗ってきた？」

「お？　わかる？　中古だけどすっげー安くてさ、三万だぜ」

「それ、多分事故車だと思う……」

「そりゃ安いしそうだろうな、だけどそんなの気にしてらんねえよ、貧乏学生はさ。明日ドライブでも行かねえ？　お前、車売っちゃったんだもんなあ。乗せてやるよ」

笑顔でワインのボトルと車のキーを見せる友達。

「入るぜ～」

後ろの長い髪の女性の口元がキュッと上がり、ニカっと笑った。

女子大生は誰に憑いていたのか、わかった。

「帰ってくれ！」

拓哉さんは大声で叫んで、友達を追い返した。

それ以来、家に誰も呼ばないようにした。

それでも玄関のドアを開けると、すっと白い服の人が通りすぎる錯覚があるそうだ。一瞬見えて、見回すと誰もいないという現象が。

家を移っても、ごくたまに起こるそうだが。錯覚なのだろうか。

それとも……。

二十九　磔刑場跡

（水戸市）

『通りゃんせ通りゃんせ　ここはどこの細道じゃ　天神様の細道じゃ　どうぞ通してくだしゃんせ　御用の無いもの通しゃせぬ　この子の七つのお祝いに　どうぞ通してくだしゃんせ』

この道が昔どんな道であり、その先にどんな地獄が待っていたか、今となっては知る人が少ない。アスファルトは、骨を埋めた盛り土も、血に染まって赤黒くなった土も全て覆う。特に刑場や罪人の胴体だけの死体を埋めた場所など、わかりはしない。

床のメンテナンスをしているJさんの体験だ。国道の周辺にとあるレジャーホテルがあり、ここの床のコーティングの仕事を頼まれていた。ホテルはどの部屋も二十四時間営業しながらなので、一日に一部屋ずつやることになっていた。それでも朝から晩までやっても納期までには終わらない。そこでその部屋に深夜まで泊まがけで作業をすることになった。もう一人の従業員は右隣の部屋に泊りがけで作業をしていた。

「コンコン」

と部屋の扉を叩く音がした。隣の社員だなと思い開けると誰もいない。

気のせいかと思って、作業を進めていると誰かが扉をキイっと開けて入ってくる音がした。これは明らかに社員だろうと思って、

「ああ？　もう作業終わったか」

手が離せなかったので振り向かずに言った。すると、

「まだです」

「まだ？　なら何しに来てんだよ」

「見にきました」

「遊んでねえで、やれよ……ったく。時間ねえぞ」

と振り向くと誰もいない。

さすがにJさんはゾッとして、隣の部屋に駆け込んだ。

「おい、脅かすなよ！　今お前俺の部屋に来ただろ！」

「え？　行ってませんよ。見てわかるでしょ、手が離せるわけない」

その社員もJさんと同じ作業をしていて、振り向かずに答える。

「じゃあさっきの何だったんだよ」

「知りませんよ。僕も部屋に一人でおっかねえんですからやめて下さいよ」

おっかねえな……。ぞくっとしながらも、Jさんは部屋に戻り作業を続けた。

気になるのは左隣の部屋の声だった。男女で泊まっているのだろうが、男が相当激しいのか、唸り声のようなもの、女の悲鳴じみた喘ぎ声が聞こえる。それが深夜まで続く。まあずいぶん元気なもんだな、と呆れていた。

やっと朝三時に終わり、その部屋の広いベッドで横になった時だった。寝ている間に妙な夢を見て寝苦しくなって起きた。ベッドの周りにたくさんの人が歩き回る夢だった。そのパタパタと歩く音で起こされた。怖くなって床を見たが、特に足跡はわからなかった。

「絶対誰かいる」

Jさんは気になり、洗面台の周りの床にコーティングのシールをひいた。これは特殊なシールで、歩いた跡が残るのだ。時間が経てば消える。防犯用に作った特許申請用のものだった。もし誰か来ているなら、そこに足跡がつくはずだ、と。うとうととしてまた眠った。朝になって目を覚ましベッドから起き上がった。そして床を見た。

ベッドの周りの床一面びっしりとの裸足の足跡がついていた。

「うわあああ」

すぐにそのことを隣の部屋にいる社員に言おうと、廊下に出て呼び鈴を押した。

社員が眠そうに出てきた。

「何ですかあ、もう……」

「おい、俺の部屋絶対何かいる！　お前のとこ、なんかいねえか？」

すると社員が眠そうに答えた。

「社長、もういい加減にして下さいよ、何回目ですかこうやって起こすの。さっきもベッドまで来てぶつぶつ文句言ってたでしょ」

「はあ？　俺お前のとこなんか行ってねえ。それに入れるわけねえよ」

隣の部屋もオートロックなのでＪさんは入ることができない。ゾッとして、受付に言ってすぐ出ることにした。受付のある入り口では空き部屋が電子パネルでわかる造りになっていたのだが、Ｊさんの左隣の部屋番号が空き室マークになっていた。

「ちょっと、この３１１の部屋も帰ったの？」

受付の人は変な顔をして
「３１１は元々開けてません。その電子パネルが間違ってます」

「と、隣で人の声がしたけど？」

「誰も入れてませんって」

「じゃあ、あの音は？　男と女の声……」

「それは聞き違いでしょう……この部屋は色々あって開けてません」
Jさんと社員はこのホテルの仕事をする時は昼間に二人以上でやろう、と決めた。

気になってそのホテルを調べたが、特に殺人事件らしいことはなかったという。聞いた話ではそこは江戸時代の頃、さらし首になった罪人の胴体だけを埋めたと言われる場所の近くだった。磔で殺され、死体をさらされた人もいたという。方角としてもその部屋は霊の通り道になっているのではないかと言われていたそうだ。特に旧道の近くには刑場用の原っぱがあった。今では住宅が密集していたりと、はっきり言えない場所もある。旧道にはそういう場所があるということだ。霊の、死の通り道でもあった。

昔むかし、刑場の周りにはたくさんの見物客が押し寄せた。罪人を見るのは一つの余興でもあった。今日はどんな人が殺されるか楽しみだ。通りゃんせ、通りゃんせ。
とすると、隣の311号室の叫び声は断末魔……今は昔の『通りゃんせ』。

三十　谷田部テストコース

（谷田部町）

谷田部には有名な車のテストコースがあった。カー雑誌の表紙に最高速を競う、車が斜めに走っている写真があるが、それがこの谷田部テストコースで撮られていた。現在は無くなり、傾斜部分のコースだけが残っている。普通に見ると、単なる壁に見えるかもしれないが、これは道だったのだ。

当時のことを知る、自動車整備士でアマチュアレーサーの橋野さんは語る。

「一度あそこでは死にかけたことがありましてね」

話を聞くとこうだった。

日本の車のメーカーは勿論、チューニングショップやプライベーターも谷田部のコースで最高速に挑んでいた。

自分が車関係の仕事に携わり、整備士として仕事をしていた時、雑誌社の企画で催しがあるからと、某チューニングメーカーから誘われエンジン製作に携わった。徹夜でエンジンを仕上げ、谷田部に持ち込んだ。

マシンは有名な日本のメーカーのスポーツカー。仕様は七百馬力のツインターボ仕様で挑んだ。

マシンの状態をチェックしてコースに送り出し、難なく最高速度三百十二キロをマークした。

「やった！」

一人歓喜の中にいたが、頭の上に何か違和感があった。

気になり空を見上げると、白い紙のような布のような物が飛んでいる。

だがそれはただの布じゃない。

明らかに生命体があり動きがある。くねくねとしたいつまでも浮遊したものだった。

しかし動物でもないし鳥の容姿ではない。物体でもない、とすれば何だ……？

まるでゲゲゲの鬼太郎の一反木綿のようだ。

そんなものに気を取られてしまった。

（変なの見るときは体に変調あるときだ、何事もなければいいな……）

と思った瞬間、マシンがエンジンブローしてコース上で炎上してしまった。

ドライバーは命からがら抜け出し、軽症で済んだが、橋野さんの用意した車は大破炎上してしまったのだ。原因は未だに不明のままである。

エンジンが燃えてしまったから全く究明することができない。

「何の問題もなく走行していて、いきなりエンジンがブローしたんですよ」

「すまない、こうなるとは思ってなかったんだが……」

ドライバーには問題がないようだった。

徹夜で精根込めて組み上げたエンジンだけに不備があったわけでもない。だとしたら、さっきの白い物体のせいだと考えざるを得ない。

「いったいなんだったんだろうな」

後輩にその話をした。すると意外な答えが返ってきた。

「その一反木綿……僕も見ましたよ。あれ見てうちのドライバーもクラッシュしちゃったんですよ」

彼も三カ月後のレースで同じ白いものを見て、ひどい衝突事故を起こしたそうだ。

スピードを邪魔する妖怪か、死を告げる使いか。

テストコースでは突っ込んで事故死した者も多い場所である。

ドライバーの運転技術だけではない別の祟りがあるのだろうか。

神風特攻隊の谷田部基地はこの一帯にあった。現在は筑波学園都市の敷地となり、病院がその跡地となっている。

海軍の基地であり、ここから鹿児島の鹿屋に飛び立ち、そこから沖縄にいる米軍艦に体当たり特別攻撃を行っていた。海軍といえば谷田部。軍隊の中でも「鬼の土浦、地獄の谷田部」と言われるほど、訓練も厳しい場所だった。

もちろん上空で米軍の爆撃機を迎撃して墜落や爆死した兵もいたという。

そういえば特攻兵の首元は憧れの白い絹のマフラーだった。

空中分解したときには肉片も残らないというがマフラーだけは揺れながら地上までを彷徨った。それは今も空中を揺れているのかもしれない。

飛行兵の魂は爆音に寄って行くのは感じる。百里基地での体験がそうだ。飛行機乗りは飛行機が大好きだからだ。白いマフラーを揺らしながら。

そして戦闘機を設計した技師たちのソウルは自動車のエンジンに息づき、空を駆け抜けた頃の面影を残したまま地上を駆けている。


余談であるが、戦時中三菱重工でゼロ戦の設計をしていた人が、戦後に熊本大学工学部で教授になった。助教授と教室のゼミの生徒でクレーンを作った。

それがひどく成功し、会社にした。僕の父は同じ学部の卒業で、その会社に入社した。

教授はゼロ戦の設計書を持っていた。

父を次期社長にしようと思っていたようで、元教授の会長はゼロ戦の設計書と、飛行するゼロ戦の写真を父に渡した。

僕もその設計書や写真を見たことがある。色々な人が、設計書を欲しがり訪ねてきたが、父は追い返していた。

ゼロ戦は日本の航空技術の最精鋭ではあるが、人を殺す武器でもあったからだろう。

三十一　神隠しの白装束

（常陸太田市）

母が十歳の頃。近所に住む五歳の女の子が姿を消した。大人達が総出で捜したが見つからない。夜になり大人でも入るのが難しい山奥でやっと見つかった。女の子の話によると、綺麗な着物姿の女に連れて行かれたという。皆は狐の仕業だと噂した。ほんの数十年前の日本にはこんな話が確かにあった。～月浦影の介～

小学校低学年の頃の友田さんの話だ。

仲間を連れて朽ちた鳥居のある山で遊びまわるのが好きだったという。

一人、とても怖がりの子がいた。そして妙なことを言ってきた。

「もし神隠しに合ったら、すぐにその場から逃げ出した方がいい。結界というのがあって、そこに入り込んだら奥にしか進めない。とにかくその場から遠くにいくことだ」

「結界ってなんだ？」

「この世とあの世の間になる線だ」

「神隠しなんて昔の話だろ、いまどきねえよ」

「神隠しは幽霊だ。連れてく幽霊だよ」

「幽霊ならよけい見てみたい」

「勝手にしたらいい、俺はいかねえからな」

怖がりを抜いた、同級生の五人で行くことになった。


古ぼけた鳥居をくぐると落ち葉が埋もれたこんもりした場所があった。そこに像がある。顔が半分割れていたが、狐？　狛犬？　何かの動物がお座りしているようだった。顔が三分の二くらい割れて無い。

「狛犬だったら、向かいにねえのはおかしいよな」

仲間の後藤がぽつりと言った。後藤は体格が良く、一番背が高かったし度胸があった。友田さんはリーダーだったが副リーダーは後藤さんとしていた。

しばらく道のない藪と木々の間を歩きつづけた。傾斜があるのでなかなか進めない。後藤ともう一人の友達が先に行った。（このもう一人の友だちの名前が友田さんには全く思い出せないそうだ）

その時だった。友田さんの前に白装束をした人間が立ちはだかった。

（だ、誰だ）

声がなぜか出ない。その男は立ちはだかり手を広げ、前に行かせないのだ。

体も動かない。これがまさか幽霊か……はっきりと見える。

神隠しにあったら逃げろ、とにかく動け、怖がりが言ってた言葉を思い出したら体が動いた。友田さんは、今まで来た道を杉勢いで戻った。

仲間たちが後ろから上がってきていたが、一心不乱で降りてくるリーダーを見て慌てふためいた。

「うあ、何だ、出たんか⁉」

子どもは誰かが走り出すとそれについていく。

リーダーが逃げるならみんな逃げる。

手を広げた白装束のひげの男が背中に憑いて追ってくる！

友田さんはいつまでも追いかけられている気がしていた。

その感覚が全く取れず、家まで走り帰った後は、高熱が三日間続いた。

寝てるときも目をさますと自分の体の上にその男がじっと立っていて、友田さんを見ている。その間ずっと金縛りになるのだ。

「憑りつかれてしまった……」

ところがそれだけでは済まなかった。

後藤さんと、もう一人の友達が行方不明になっていたのだ。あの時一緒に逃げたと思ったが、二人は友田さんの先を行っていたから、友田さんの逃げる姿が見えなかったのだろう。それでもあんなに悲鳴を上げて逃げればわかるはずだろうが……

その先に見えた二人の背中が思い出される。一緒に逃げてくれたと思ってたらついてこなかった……母親にこの話をすると、意外な答えが戻ってきた。

「その白装束の男が、お前を守ったんだよ。奥に入らせないように」

一週間ほどして行方不明だった後藤ともう一人の友だちが遺体で見つかった。

交通事故死という扱いだった。国道で二人倒れているのが見つかった。

見つかった時にはまだ息があった後藤が、病院で少し事情が聞けたそうだ。

彼の話はこうだった。

「しばらくよくわからない世界を歩いていたが、気づくと寝ていた。体が動かず、ようやく動けるようになったら友だちが先に走り出したので付いて行った。

閃光が見えて、誰か光る人が立っていた。その人が呼ぶので、その方向に抜け出せる道があると思っていた。そこに出ないともう日常に戻れないと思った……そうしたら体に衝撃が走り気づいたら倒れていた」と。

つまり、後藤たちが行方不明になって二日目にその神隠しから拘束が解けたとたんに、走り出したのだろうと。その先に国道が走っていて、急に飛び出した二人が車に轢かれたのだろう。

今思い出しても、あの白装束の男が自分の守護霊で、守ってくれたんだと友田さんは語る。

その後、小学生のままの後藤さんが時々見えるのだという。

行くなと手を広げるのでなく、

「こっち来い、早く……来い……」

後藤さんは光の向こうに立っていて、うすら笑いをして手招きするのだという。結界を超えさせようと……。

三十二　多良崎城跡

（ひたちなか市足崎）

山田さんは城マニアで、特に城跡を調べるのが好きだった。日本中あちこち行くのには愛車の２５０ｃｃバイクが欠かせない。今回はこの城跡にいくことにした。

辺りに夕闇が迫り始める十六時位の頃だった。国道２４５号線から奥に行くと「勝田ゴルフ倶楽部」があり、そこを右折したところに駐車場があった。そこで徒歩にするか考えたが、もうあたりは暗くなっていたし、ちょっと雰囲気も怖くなっていたので、その先まで行くことにした。

ただ、走りながら気になったのは、常にガードレールがボコボコになっていて、どう考えても事故多発地帯だなと感じていた。

しばらく進むと城跡の石碑があった。そこでデジタルカメラで自撮りと普通の写真を撮り、バイクを路駐した。そこから城跡に向かう林道へと入っていった。霧がたちこめているような日だった。

林の中で写真を撮っていると、急激に寒気がしてきた。林の中に誰かいるのだろうか、山田さんが歩くと同時にガサガサっと足音がする。変質者や浮浪者だと気味が悪いと思って、急いで林道を戻っていた時だった。木立の中、自分と同じ速度で歩く音が聞こえていた。絶対誰かがついてきている。ふと右後ろに視線を感じて林を見るが誰もいない。怖くなって

「誰かいますか?」

と声を上げてみた。もちろん返す声はなかった。その日は山田さんは誰ともすれ違なかったからいる訳がない。念のため写真を撮って路駐したバイクに乗って帰った。キイイイイという自転車のブレーキ音みたいなのが響いたが、どにかく誰もいない。更に怖くなってバイクのエンジンをかけ、ヘルメットを被った。その時耳元で確かに聞こえたのが

「行くの?」

という女性の声だった。うわあああ! と声を上げてそこから急発進して出た。バイクの後ろにズンと重みがあった。

(まさか後ろに乗ってないよな……)

気配を感じたが、とにかくスピードで振り払おうとして進んでいたら、一瞬で目の前にガードレールが迫り、ギリギリで回避できた。そこはカーブでも何でもなくただ山田さんがガードレールに発進していたのだった。

後で写真を現像したら、数枚足りなかった。写真屋のおじさんに言うと

「見ない方がいいよ。心霊スポットとか言ったのかな？　それとも旧跡とか？」

「多良崎城跡です……」

「おじさんはそういう場所の言われはよく知らないけど、こういうの写るときはバイクも運転に気を付けないとってことだからね」

と渋々渡してくれた写真を見た。

山田さんの自撮り写真だった。すぐあの写真だと気づくのに時間がかかった。

理由は、山田さんの首から下しか写ってなかったからだ。

そして、肩に薄く手がかかっていた。数人の手だった。

「ひいっ」

山田さんはゾッとして写真を投げ捨てた。おじさんはそれを拾うと言った。

「こういう写真よくあんだよね。すぐお祓いしてもらいな。知り合いでそれやんなかった奴がいて、大変なことになったしな」

「ど、どんなことになったんです？」

おじさんはうすら笑いして言った。

「二人は死亡事故、そして他の五人は自殺だったかな。崖から飛び降りたよね」

山田さんはすぐに写真を持ってお祓いに行った。やはりあの場所で自殺した霊が山田さんに憑いていたそうだ。不倫の彼との別れ話を苦に自殺した女性だったようだ。

ここは不思議な看板が出ており、バイク走行を禁止している。何でもないところで事故が多いからだとも聞く。また帰ってこなかった行方不明者も多数いるそうだ。

僕はこの話を聞いたあと、別の方からもこの城の怖い話を聞いた。ひたちなかの整術の先生、霊感のある飛田先生の経験談だ。

「そういうバイクの人の話はあるんですけどね。二人乗りバイクが事故で、後ろに乗っていた女の子が振り落とされて、そのままお亡くなりになったんですよ。だけど僕はそうじゃないですね、そういう少女の霊は見えません」

「となると、他の霊魂がいるのでしょうか？」

「城跡の場所も霊が溜まっていますが怖くはありません城跡の北側に田んぼがあり、そちらから怖い者が見えます」

「それはどんな人ですか？」

「多分、姫様です。戦国時代のころかな。田んぼのほうが引き込まれるようで怖いですよ。で、城跡には武家・旧日本軍の軍服を着た人を中心とした霊が多いようです……」

この水田は、真崎浦という沼地だった場所で、城の堀の役割だったようで自然の要塞となっていた。

多賀崎城は、常陸大掾氏一族の吉田里幹の後裔が築城したとされているが、南北朝の騒乱で、南朝方についた常陸大掾氏一族は没落してしまい、その後には北朝方についた那珂氏系の足立氏が多良崎郷の地頭となった。

騒乱の場所であり、無念の姫君がこの元沼地に立つのは、支配者がことごとく入れ替わった当時の動乱を伝えにきているかのようだ。

この場所でケガをするのは、その怨霊があの世へ連れて行くともいわれている。

三十三　幽霊アプリ　常磐線

（県央）

吉野さんが出張のために、都内から常磐線の特急ひたちでいわき方面に行った時のことだった。夜だったのでどこをどう通っているのかわからなかったが、常磐線の終点までの間にあるトンネルにいわくがあるという噂があった。そのトンネルは常磐線ができた頃からあり、トンネル内で作業する人は線路内にある避難場所に入る。

ところが深夜の作業の時に、貨物列車や客車が通る時など間に合わず跳ねられて命を落とした作業者がいた。

運転手には何かにゴトっと乗った感覚しかなく、人間の身体は肉片や骨を砕きながら跡形もなく前に進む。その運転中の違和感しかなかったそうだ。

作業員が亡くなった事を後で知った運転手は、お墓に行き弔いをした。

しかしその後からだった。

車輪にはもう何もついてないのに、トンネルを通るたびに何か車輪に引っかかったような違和感があるのだ。ついにその運転手は気が狂ってしまい、自ら常磐線に飛び込み、同じように車輪に巻き込まれて死んだ。

そんな不気味な情報を読みながら、吉野さんは終電の真っ暗な外の風景を見てぞくっとしていた。彼は怖い話も幽霊に対しても、好奇心は旺盛な方だった。

それで、最近取り入れた『幽霊アプリ』というものを使ってみようと思っていた。

霊が多い所では千ポイントを越すという。

トンネルと思われる場所で使ってみたが、五百ポイント程度。水戸につくまでにこのスピードじゃあ霊も間に合わないんだろうなと諦めた。

「考えたら茨城は平野ばかりだし、福島まで行かないとそんなトンネルはないよなあ」

そして急な睡魔が起きて、吉野さんはそのまま眠ってしまった。

吉野さんが寝ていると、隣でガヤガヤと騒がしい音がする。おばあちゃんかおじいさんの団体のようだった。言葉の訛りを聞くと、茨城弁とすぐわかる。

「……もう今夜はこいつだけしかいねっぺか（いないか）？」

「んだなあ。もっとうまそうなの他にいねえか？」

「いねえいねえ。こいつはさ、焼けば油が落ちてうんめえから」

「とかいって、前も油べったりの肉だったたっぺ？」

「贅沢いうなってえ。後は向こうで寝てるやせっぽちしかいねえべよ」

「あれはあれで別嬪だし、うめえかも知れね」

何の話だ？　肉？　吉野さんは百キロ超の巨漢ではある。うっすら目を開けると誰もいない。夢だったのかと思い、念のためアプリを起動するとなんと三千ポイント。通常の三倍も霊気がある。さっきのはやっぱり……

妖怪でもいるのかと見渡すが声の持ち主はいない。振り向くと、後ろに一人華奢な美しい女性が座っていた。熟睡していて、この人が話すわけがない。

もう一度吉野さんは眠りについたふりをした。するとまた声がした。

「どっちにすんだ？」

「じゃあよ、車掌が先に話しかけた方にすんべ」

「そりゃいい」

（ははん。どうやら車掌にキップ拝見を早くされた方が、この霊たちのえじきになるのだな……）

吉野さんはそう思い、また目を覚まし、しばらくトイレにこもる事にした。二十分ほどして席に戻ると、後ろに座っていた女性が車掌と話をしていた。しめしめ、これで俺は餌食にならなくて済む……幽霊アプリありがとう！　と思っていた。

女性が水戸で降りていった。

（可哀そうに、彼女は霊たちにホームで押されるのかな、バスにでも轢かれてあの世に行くのかな……）

と吉野さんは意地悪そうな顔をして、内心ほっとしていた。

だが、水戸を過ぎたあたりから猛烈に心臓が早打ちし、胸が圧迫してきた。

これはまずい、心筋梗塞か何かだ……激しい痛みと薄れゆく意識の中で走馬燈のように思い出してきた。


笑顔で寄ってくる男性。俺は上野で乗り、空いてる席に着いた。

「どちらまでですか？」

「いわきまでです」

「そうですか、この席は別の方が予約してたんですが、今夜は他に誰もいませんのでどうぞお座りください」

「こうやってキップ買ってもキャンセルする人もいるんですね」

「たまにいます。乗る前に何かアクシデントがあるのか、この席が嫌なのか……全席指定ですから、本当は決まった席に座ってほしいですけどね」

そうだ、最初に車掌と話したのは俺だった。乗車したときだったな。

スマホを見ると幽霊アプリは五千ポイントを超えている。たくさんの手に座席から滑り降ろされるように下に引っ張られている。もう、奴らの餌食になっていくんだな……ともうろうとする意識で感じていた。

吉野さんは次の駅で救急搬送された。急性心筋梗塞だった。

耳に残っているのは、

「車内に急病のお客様がいらっしゃいましたので……」

早い発見と処置で何とか命を取り留めたが、しばらく後遺症が残った。

吉野さんの意識が戻るまで、幽霊アプリはずっと五千ポイントをキープしていたという。

三十四　庭のお稲荷さん

（県央）

前の住人がどういう人か、何が起きていたか、考えずに家を借りたことはないだろうか。

茨城県の県央に住んだ本田さんの話である。町は古くから商業も栄えて落ち着いた街並みに情緒がある。少し行くと農村部になり、人も優しくのどかな所だ。

彼女は横浜市の出身で、結婚して夫の仕事で県央にやってきた。妊娠八か月の時だった。最初は言葉が慣れず、近所の集まりでも小さくしていてあまり目立たないようにしていた。茨城弁に慣れるまでは聞いているだけにしようと思っていたのだ。

そんな中でも、とても仲良く話しかけて来る人がいた。近所に住む布団屋さんだ。

当時は布団の綿の打ち直しなど、需要が高かった。婚礼布団もここで買い、子供が生まれたのでまた綿を打ち直ししてもらうという、皆が信頼するお店だった。

生まれた赤ちゃんは、かわいい女の子だった。真凛と名付けた。

ところがこの子を産んで以来、産後の肥立ちが悪くずっと寝たきりになってしまった。

何をやっても眩暈がしたり頭痛がひどくて少しも立っていれない。病院に行っても原因不明で「そのうち治ります」程度にしか扱ってくれない。

血液にも内蔵にも子宮にも問題がないのだ。

ただ、本田さんは気になる事があった。

それは決まって午前一時半になると起きる現象だった。

ベッドでは真凛ちゃんと二人で寝ていた。

寝ている足元を行列で歩く人がいた。ただお経を読んで数珠をもって並んでいくのだ。

（お弔いの行列かしら……）

その時だけお線香のきつい香りが立ち込める。

「どこに行くの？　僕も行きたい！」

と男の子の声がする。三歳くらいだろうか。本田さんは保育士をしていたので、子供の声で大体の年齢がわかる。好奇心いっぱいの二歳児だから、この大人のお弔いの列についていこうとしてるんだな……と漠然と聞いている。

しかし眺めていても歩く人々の中にはその男の子はいない。声が混じりあうのだ。本田さんは夢かうつつかわからない状態でそれを見ていた。

「キーン」

という鐘の音がすると、そのまま眠りに落ちてしまう。

赤ちゃんを抱いているときにはそれが見えないと気づき、それからはいつも手に抱くように寝ていたそうだ。時にはしがみつくように。そうすると変なものも見ないですむ、というのだった。

それが日増しにはっきりと姿が見えるようになり、ますます体調は悪化していった。

その話を夫と横浜の両親に話した。

「家に何か憑いているんじゃないか?」

「地域に何か情報をもっている人がいるだろうから、いわくがないか聞いてみなさい」

心配した本田さんの親は言った。

本田さんの夫は知り合いの紹介で『拝み屋』さんを呼んだ。拝み屋とは霊能者であり、中にはお祓いまでできる人もいる。大半は霊視だけをする人である。

拝み屋さんが来るなり、眉間にしわをよせ、こう話した。

「ここは……あんたがた、引っ越す気はあるか?　あるなら話すけども……」

「今のところ……でも何か問題あるなら引っ越します。何が視えるんですか?」

「この家は、貸家だよな?」

「はい。大家さんは近くに住んでますけど、別に何の問題もなかったと言ってます。家族四人が住んでいたと聞きますが、とても信心深くて良い人だったそうですよ」

「そうか……その人らが置いて行った『置き土産』がここに残ってんだなあ」

「置き土産？　な、なんですかそれは」

拝み屋さんは外に出た。小さな庭があり、何か土を盛った場所を指さした。

「ここに子供の遺品を埋めてある。この家で死んだ赤ちゃんか幼児だろう」

夫は言葉を失った。

「警察に言った方がいいですか……？」

「掘り出して骨でも見つかればそうだろうけど、遺品じゃあな。これに霊がしがみついてるんだな。家族もいなくなってしまって心細いんだろう」

「それでうちの妻に……供養はした方がいいですか」

「この子は成仏してはいる。だが成仏させられていたんだな。この家にいた連中はお稲荷さんも信仰していたと思うが、その祠もこの庭にあり、家の中の神棚もあった。だけど引っ越しの時に全部形あるものを持って行ったんだな。お稲荷さんのご神体だけがこの家に憑りついているんだよ。その恨みもあるし、この子の霊を供養する人達はいなくなってしまったから、この家で一番弱い人間に憑りついたんだよ」

「というと……狐と子供の霊が……？」

「うむ。狐様はきちんと祀られねえと、家に邪気を生む。この家入るときから大きま狐様の影が出てたんだ。だけどもそういう祠もねえし、それ以外の成仏できねえ水子の霊も見えたんで、はっとしたんだ。おめえさんたちがもしきちんと祀っていけるんならこの家に住んでもいいだろうし、できねえんなら、すぐ引っ越さねえと……生まれたばかりの子がいるなら尚更だ。おっかさんが死んだりしたら、次にやられんのはお子さんだぞ」

夫は驚いて聞いた。

「それなら……すぐこの家を出ます。ただ、一か月はここに住まなきゃいけないんです。なんとかできませんか？　それに、僕にはその災いは憑かないのはナゼですか？」

拝み屋は小さな声で言った。

「おめえさんは仕事で忙しくて、この家に寝るだけしかいないだろ？　それだけだ。あと一か月か……とにかく祈祷師か神主さんは呼んで本格的にお祓いすることだぞ。これだけは守れな。この家自体が呪われてんだから、早く出ねえとずっと霊を背負うことになんだからな」

そう言うと拝み屋は帰っていった。夫はすぐに近くの神社に相談に行き、お祓いを頼んだ。その間、本田さんと子供は近くのホテルに泊めることにした。

祈祷師とこれから祈祷を始めるという時、本田さんの仲良しの布団屋の奥さんが来た。

「こんにちは、奥さんいらっしゃる？　何かお祓いでも始めるんですか？」

奥さんは祈祷師に頭を下げ、家の中のものものしい雰囲気をぐるっと見渡した。

「すみません、うちのは調子が悪いもので、別のところに寝泊まりさせてましてね」

奥さんは怪訝そうな顔をして、小声で話した。

「この家、出るでしょ……？」

「え？　知ってたんですか？」

奥さんはバツが悪そうにうつむいた。

「お子さんが亡くなられたんですよ。ここの家の前に住んでた家族の……」

「聞きました。その子の遺品も置いてあるそうで、それで……その子は病気で？」

「……と聞いてますけどね、ただ……」

奥さんはチラリと庭を見た。

「あそこに小さな木あるでしょ。あの子、あそこに一晩中吊るされてましたからね」

盛り土のそばにある細い木を奥さんが指さした。

「私たちが通報しようかって頃に肺炎で亡くなったと聞いてねえ。もうそれ以上はよその家のことだから口出しすることもできねえし……」

夫はそれを聞いて背筋から通り抜ける様な寒気が走った。

奥さんは更に声をひそめて言った。

「けど、その後も男の子の泣く声が聞こえるんですよ……もう亡くなってるのに。その後かなあ、庭に祠立てたり木にお札巻き付けたりしてたけど、結局引っ越しちゃいましたねえ」

夫が声を上げようとしたとき、奥さんの肩に小さな手が視えた。

しかしその手はすぐ引っ込んだ。その事は奥さんに言うのをやめた。

そして祈祷が始まった。

奥さんはそれは見たくないそうで、そそくさと出て行った。


（続く）

監修　大島てる

三十五　ガラスの墓場

（県央）

霊の通り道。その通り道の先に着いていった者は死ぬのだろうか。

祈祷が終わり、夫はようやく体がすっきりした感覚になった。

祈祷師が言うには、

「この家は尋常じゃない怨念がある。奥さんと子供はなるべくこの家に近づけないようにしなさい。もしくは親や親せき、だれか知り合いを呼びなさい。大人数でいて良い訳じゃないが、奥さんは特に弱っているから危険だ。お札も貼ってあるが、まず効かないだろう」

ということだった。夫もさっきの布団屋の奥さんからの話を告げた。

「……あの……この家には虐待で亡くなった男の子がいたそうで……」

祈祷師は深くうなづいて答えた。

「あの庭の木と盛り土のところだな。しめ縄をはっておいた。とにかく一日でも早くこの家から引っ越すように……ただ霊魂は一人だけじゃねえ気がするな。庭に出るのもよくねえ」

夫は言われた通り、別の家を借りることにした。

そうしてこの家から退去となる前日になって、本田さんと真凛ちゃんは帰宅することになった。横浜の実家に住んでいる間は体調もよくなり元気を取り戻していた。

夫もほっとして、両親が来るというのもやんわりお断りしていた。もしこの家に弱った人が来たらその人も憑りつかれてしまう。高齢の両親に来てもらうのは心配でもあった。

夫は本田さんにはこの庭での忌まわしい過去については話さなかった。

「庭にお稲荷さんの祠があって、前の家族がそれを持って行ってしまったから、狐様の怒りを買ったんだ。家中にお札を貼ったたし、庭の木と盛り土にはしめ縄をしてあるから大丈夫。けど、たまたま霊の通り道だったみたいだよ。あまり気持ちはよくないから引っ越そう」

とだけ伝えていた。

引っ越しの準備も整い、夕ご飯を食べた後、本田さんはまた少し気分が悪くなった。

「まだこの家のお稲荷さんが怒っているのかな」

そう夫にいうと、ソファに横になり寝てしまった。

真凛ちゃんは夫が見てくれ、そのまま一休みすることにした。

そうして、うとうとしているときだった。

玄関をドンドンと激しく叩く音がした。

眠い目をこすりながら出て行くと、布団屋さんの奥さんが立っていた。

「奥さん、帰ってきてたんだねえ。色々大変だったでしょう」

「ああ奥さん……こんばんは……どうしました？　こんな夜更けに……」

壁の時計を見ると、午前一時半。どう考えても遅い時間だった。

奥さんはいつもの屈託のない笑顔で言った。

「みんなで飲み会やっているのよ。奥さんか戻ってきたから呼ぼうってなってね」

そうして奥さんは家の中に入ってきた。ずかずかと。

「あの、家の中は……それに子供もいますので置いて飲みにはいけません」

本田さんは頑なに断った。

なのに庭の見えるリビングまで入りこんできた。奥さんは本田さんの手を握り言った。

「本当に楽しいところだから。ね？　行きましょうよ」

「いえいえ、ありがたいけど夫と子供がいますのでいけません」

「どうして？　みんな寝てるし、今抜け出せばいいことじゃない」

「いけませんったらいけません」

掴まれた奥さんに手はものすごい力だった。本田さんの腕にあざができるくらい強く握りしめ、強い力で引っ張ろうとする。庭のあるガラス窓の方へ。

「何で？　これだけ私がいいことろだって言ってんのに？」

ギロリと奥さんが睨んだ。今まで見たこともない形相で。

その時奥さんが行こう行こうと指さしていた庭を見た。

普段見慣れていた庭なのに、そこにあるのはお墓だった。

しかもガラス製のように透き通った墓石で、霊園のように墓地が広がっている。

（あれ？　この庭の先ってお墓だったかしら？）

その瞬間また奥さんに強い力で引っ張られた。つまづきそうになった本田さんの身体を
羽交い絞めにして、床をひきずり庭の墓地が見える窓の方へ引っ張っていく。

「ほらみんなが待ってる。行きましょう！」

「やめて！　行きたくない！　そっちはお墓でしょ⁉」

本田さんは夢中で叫んだ。

どう動いたかわからないが、引っ張る奥さんの手を蹴飛ばし、命からがら逃げるように
四つん這いになって夫が寝ている寝室へ逃げた。

「待って〜置いていかないで〜」

奥さんも追いかけてきた。恐ろしくも、満面の笑顔のまま追いかけてくるのだ。

とにかく本田さんは寝室のドアを開け、中に滑り込み、閉めた。

「どうした？　何かあったの？」

夫と真凛ちゃんが起きていた。時間を見ると二十時半。さっきの午前一時半は見間違いか。

「今、布団屋の奥さんが来て追いかけてきてさ……庭に連れていこうとするの、それでその先にはガラス製のお墓がいっぱい。そんなのあったっけ？　はあはあ」

夫は「もしかして……」と思い、寝室から一歩も出ないように三人で寝て朝を迎えた。


次の日、引っ越し業者が来て引っ越し作業を始めた。やっとこの家から離れられる、そう思った時だった。業者のアルバイトの男の子が言った。

「これ、玄関に落ちてましたよ。お子さんのですか？」

彼が手にしていたのは、一、二歳児くらいの子がはく大きさの青いシューズだった。

夫はそれを見るなりぎょっとした顔つきになり、

「庭にでも置いておいてください。絶対持っていきません！」

と強く言い放った。本田さんは不思議そうな顔で夫を見ていた。

「その靴、誰の？」

「今は知らなくていい！」

夫の剣幕に本田さんは驚いた。


本田さんは最後に、隣近所の人に挨拶に行った。すると
「ねえ、出て行かれる日にこんなこと言うのなんだけども……」

「はい、何ですか?」

「向かいの布団屋の奥さん、今朝亡くなってたって。心不全だったみてえで……」

本田さんはびっくりして声を上げた。

「えっ……私、昨日あの人が家にきたんです……夜に。でも夢だったのかも」

お隣さんは少し表情が曇った。

「見たの? 私も彼女があなたの家に入って行くのを見たんだあ……夢だけども」

亡くなった時間を聞くと、昨夜の二十一時くらいだったそうだ。奥さんの心臓が止まったのは、本田さんが寝室に逃げた頃……昨夜の奇怪な話をした。深刻な顔で彼女は言った。

「それ、連れて行こうとしたんだっぺ。お宅にはしょっちゅう来てたもんねえこの頃」

「この頃?」

「うん、昼間よく家に入っていくの見たよ。時々庭でも見たなあ」

本田さんは更に驚いて言った。

「あの私、ここには一か月近く住んでなかったんですけど……」

「ええ？　あの奥さん、お宅の……ほらその庭の木の辺りでよく座ってたよ。てっきり奥さんがいるんだと思ってたんだけどなあ……ご主人に聞いてみて」

本田さんは一瞬、夫と布団屋の奥さんが浮気でもしていたのか、とよぎったがそれ以上は深追いする気が起きなかった。

それにしてもあの奥さんは、なぜ私を連れて行こうとしたんだろう……本田さんは理解できなかった。霊の通り道にたまたま自分が住んでいたんだろう、と解釈して終わった。

あのガラスの墓地はきっと死の世界で、着いていけば自分も死んだのだろう、と。

本田さんは隣の敷地から庭を眺めた。こっち側から見て驚いた。

盛り土された場所にしめ縄があったが、後ろ側はキレイに切断されていたのだ。

そしてさっきの小さな青い靴が、その上にぽつんと置いてあった。

まるで貸家の置き土産のように。

（完）

監修　大島てる

三十六　迷惑物件

（取手市）

「都内に通える安い物件を探しちゃあ、引っ越してるんですけど、本当に不動産運がないんですよ～僕は。いつも変なのに当たっちゃいます」

と祐二さんは語った。

取手駅は常磐線で都内に出やすいので、利用するサラリーマンが多い。祐二さんもその一人だった。

1DKのアパートで家賃が二万円。格安だった。不動産屋が言うには

「前の人は転勤で、二か月で出たんですよ。だからクリーニング代ないんで安くします」

というのが格安の理由だった。

ところが、住んで三日目にあることに気が付いた。隣から聞こえる音が気になるのだ。

夜中にぼそぼそと女性二人が話しているのだ。しかも毎晩。

一週間も経つとさすがに腹が立ってきた。深夜眠れなくなってしまうからだ。

会ったら注意しようと思って、その二人が廊下に出てくるタイミングを見計らっていた。

でもなかなか彼女たちが出て来ることがない。

「あいつら、仕事してないのかな」

かといって、隣の呼び鈴を押してまで注意というのも、やりすぎだし。不動産屋に電話してみた。

「あの、隣の部屋の女性が二人してずーっとしゃべってるんです。注意してもらえませんか」

すると不動産屋は今まで聞いたこともないような、低い声で言った。

「お宅の両隣、誰も住んでませんよ」

祐二さんはゾッとした。

じゃあこの声はなんだ?と壁に耳を当てて聞いてみた。

やっぱり女性の声がする。何を言っているのか、その時はっきり聞こえた。

「……隣の人、感じ悪いね」

「そうだね。そろそろやろうか……」

祐二さんは更に血の気が引いて、その日からは都内のネットカフェに泊まる生活、すぐに違うアパートを借りた。

「高くつきましたよ……でも不動産屋に強く言ったら、まけてくれました。以前、隣の部屋で腐乱死体が見つかったそうで……女が二人で住んでいたそうなんですけどね。で、前にいた住人は、精神を病んで入院中なんだそうです。転勤なんて嘘でしたよ」

出入りの激しい物件は、何かといわくがある。

監修　大島てる

三十七　家具付き物件

（土浦市）


祐二さんが三回目の引っ越しをするために、貸家物件に入ったときのことだ。

家具や電化製品もついていて、家賃も格安の物件ということで紹介者に案内された。

その家は２Ｋになっていて、和風の平屋だった。畳の部屋が二つあり、手前に台所や洗面台、お風呂、トイレがある。奥は居住スペースだった。

床の間のようなところに、金庫があった。

「これ、金庫もついてるんですか？」

「そうなんです。使っていいですよ。家具も全部ついてますので、便利でしょう？」

金庫の扉を開けて中を見た時だった。

床の間の横の窓からじぃーっと見られている。強い視線を感じた。

ふと窓を見ると、おばあさんと子供が三人くらいで見ている。

おばあさんは背中が曲がって、しわしわの顔。目だけがランランとこっちを見ている。

子供は小学生くらいで、おばあさんの隣に二人で立っている。ぎょろとした目でこっちを見ている。近所の人が見に来たのかなと思い、紹介者に尋ねた。

祐二さんは窓を指さして、

「あの、今こっちを見てる人たちは、いつもこうやって覗かれるんですか？」

「え？　どこですか」

紹介者はとぼけたような素振りで、窓の方を見ない。

「見えるでしょ、ほら、今もじーっと覗いてるじゃないですか」

おばあさんと子供は相変わらず覗いている。不動産屋は冷や汗をかきながら、

「すみません。私には見えないんですけれど……」

「何言ってるんすか、完全に三人が覗いてるじゃないすか！」

祐二さんが金庫を閉めて、床の間の上を見た。お札が数枚貼ってある。金庫の裏も見ると、何かを隠したような紙が貼ってある。窓をみると三人の姿は消えていた。

「ちょっと、ここ絶対何かありますよね！」

祐二さんは紹介者を問い詰めた。

「ちっ」

祐二さんの耳元で聞こえた。紹介者の舌打ちではない。寒気が襲った。

そこを借りるのはもちろん止めた。後で他の不動産屋に聞くと、そこは一家五人が住ん

でいた夜逃げ物件だった。借金を苦に逃げている最中に、夫婦は車内でおばあさんと子供を殺した後、車ごと東北の海に突っ込んで心中したのだそうだ。

金庫にしまってあったお金が底をついて、死ぬしかないと思ったのだろう。

遺体が見つかったあとも、三人の魂はどうしてもこの家に戻ってきてしまうそうだ。

紹介者はこの夫婦の債権者で、訳あってどうしても貸したかったのだろう、と。

監修　大島てる

三十八　マンションの花壇

（土浦市）


植木会社に勤めていた友人、森田さんの話だ。

マンションの管理部に呼ばれて、市内にあるマンションの花壇を植え替えてほしいと頼まれた。森田さん一人で約一週間もあればできる見積もりだった。

到着すると、管理人のおじさんが出てきて言った。

「ここの花を植え替えしようとすると、怪我する人が増えてね……それでお宅に頼んだんだあ。できるけ？」

「けが人ですか。植え替えするだけですよね？　何でけがするんですかね」

普通の植え込みがある花壇だった。特に高い位置にあるわけでも、高い木があるわけでもない。どうしてこんなところで植え替えだけでけが人が出るんだろう、不思議に思った。

「まあ、そうだなあ。そこんとこは俺もあんまり詳しくねえから」

管理人はそれ以上は話す気もないような雰囲気で、言葉を濁した。

森田さんは植え替え作業をして、しばらく休憩をしていた。立ち木なども入れるので穴を掘るのもなかなか一苦労だ。一か所どうしても固いコンクリートのような何かが埋まっているようで、スコップが入っていかない。事情を聞こうと管理人を探したがどこにもいない。

「何だよ、ここの管理人、管理が仕事じゃねえのかよ」

カツンっと大きな音がして振動が体に堪えた。普段はそうしたことでは体に来ないのだが、急に腰の筋を違えたようで、それきり腰に力が入らなくなった。

「言ってたやつかな……体調崩すってのは」

腰痛が一向に治らないので、早めに帰ることにした。明日以降また続きをしますとメモを管理室に置いて出た。マンションの地下に置いていたので、そこに降りた。

一階に出た時だった。真横に見えるさっきの花壇の上に人が立っていた。

「ちぇ、何だよ。誰だ。まだ立ち入ってもらっちゃ困るな」

車を停め、ドアを開けて花壇に向かおうと出た。

確かに薄手の淡い色のワンピースを着た女の人が立っている。

だが大きな違和感があった。

その女の人の目が黒目はなく、真っ黄色だったからだ。こちらを睨むように立っていた。

そして膝から下は完全に透けていた。後ろの花が透けていた。

女の人が浮いて立っているのだ。目がランランと黄色に光っていた。

「ひいっ」

慌てて森田さんはハンドルを切って車道に出た。

すると目の前に人がいて、バンっという衝撃音で車が止まった。

人がはねられて飛んでいくのが見えた。

「しまった！　気を取られてた」

慌てて森田さんはブレーキをかけ、ドアを開けて飛んでいった人の所へ走った。

ところが、どこにもぶつけた人の姿はなく、誰も倒れていなかった。

その道の周りにも肉片ひとつなかった。

（確かにだれかにぶつかったのだが……）そう考えながら、もう一度車に乗り込んで、エンジンをかけようと車のキーを回したときだった。

後ろからいきなり首をギュッと絞められた。

「うあっ」

慌ててバックミラーを見た。

黄色い目の女が映っていた。後部シートに立っていた。

少し笑っているかのようで口元が耳くらいまで裂けていた。人の顔じゃない、顔のパーツの吊り上がり方が尋常じゃないのだ。歪んで破顔していた。

(さっきの花壇の女が、ここまで追いかけてきた……)

もう森田さんは叫ぶことができなかった。声も出せずに車を降りた。

首の周りにまだ違和感がある。しっかり両手で首を絞められたのだ。まだ憑いてる気がする……車の中に誰かいるのだ。もう入りたくない。

「何だよ……ここ。何があんだよ……」

森田さんは車から離れた路上でヘナヘナと座り込んでいた。

「どうしました?」

頭上で声がした。買い物帰りのような恰好をしたおばあさんだった。

「この車に変なのがいて、このマンションにも変なのがいて……」

話は混乱しながらも、そのおばあさんに話をした。おばあさんは車の仲をのぞき込むと冷たく言い放った。そして森田さんを不審そうにジロジロ見た。

「誰もいねえよ?」

「あんた、この土地のモンじゃねえな」

渋い低い声でおばあさんは言った。森田さんはうなづいた。そしてこのマンションの植

え替えに来たことを説明した。すると
「ここはなあ、昔は沼地だったんだよ。随分昔だけどな。おらが子供の頃は入っちゃいけねえ場所だったんだ。死んだ人もいたみてえでなあ。埋め立てて地鎮祭して祠もあったんだよ。マンションになってからはどこにあるか知んねえけど。いっくらお祓いしてもなあ、時間経つと浮き出てくんだよ」

「そうだったんですか、ここのマンションの花壇の植え替えするとケガするっていう話で……」

「だって、あの花壇のとこ、飛び降り自殺した人いるっぺ……」

「お、女の人……ですよね、髪が長い……」

おばあさんはうなづいた。

「水神様の祟りだ。沼なんてのは鎮められてねえ霊がたっくさんあんのさ。その人もその犠牲者だって話してたんだよお。お前さんも、あんまり近づかねえほうがいい」

「……わかりました。おばあさん、詳しいですね。やっぱり地元の人に聞くと違うなあ」

おばあさんは引きつるような顔つきで笑った。

更に、さっきの女のように目や口が吊り上がり、破顔しはじめた。

「わかるさあ。その飛び降りたの、おれの娘だ。お前さんの車に、今乗ってんのがそれだ」

ぼそりと言うと、すっと通りすぎていった。

森田さんの身体を。


無論、その後すぐに森田さんはこの仕事を断った。

マンションで自殺した人がいたことも聞いたが、そんなのはいないと答えられるだけだった。それはそうだろう。しかも庭で亡くなったと聞けば、入居者が減る。

森田さんは、腰痛から内臓の病気が判明し、今はまだ入院している。

この物件は、別の業者が仕事を取ったそうだ。

その業者がどうなったかわからないが、森田さんはなぜか花壇を掘ったところにあった金属のような固い物が気になると言っていた。

開けてはならぬパンドラの箱にも思えるが……およそ、建設時に埋められた祠の一部であろう。そんなものを気にしているうちは、病気が治らないような……気がする。

監修　大島てる

三十九　ホルマリンと死体　脳病院

（小美玉市倉敷）

昭和から平成に入るまで開業していたと言われる小川脳病院。脳病院という言い方は属名であり精神病院という意味で脳病院と言うのだろう。

精神科の隔離病棟がある病院、正式名称は「聖仁会小川病院」である。

山の中の隔離病棟となると、親戚でもなかなか面会にいきにくいものだ。大きな鉄の扉で仕切りがあり、簡単に脱走もできない。もちろん内部でどんな治療が行われていたかなど知る由もない。

『患者が逃げ出さない牢獄の造り』『猛獣用の鉄の檻がある』『患者の死体は埋められている』など口はばからない噂もあった。

現在も山の藪の中にあるこの病院に、命知らずな肝試しをする輩が多い。インターネットの普及から、ここで撮影したものを写真付きでブログにアップすれば、怪談好きな連中からのアクセスが増え人気も上がる。それで好奇心と人気意欲から、どんどんやってくる。

前田さんもそんな気軽な気持ちでここへ行った。「肝試しサイト」で数々の場所に行っていたが、どんな有名な最恐スポットでも前田さんにだけは何も起きなかった。


真夏のけだるい夜だった。

山林の中に入り込んで行った先にその廃墟はあった。

敷地中に侵入すると、とにかく藪が多くて建物の前までびっしりと生えて行く手を阻む。何とか中に入るが、ほとんど巣窟。底が抜けおちているので、どこが受付でどこが病棟かわかりにくい。足元に何があるのかが一番怖い、そんな状況だった。

唯一わかるのは病室と思える場所には鉄格子がされていることだ。

ここでどんな拷問や逃げ出さない工夫がされていたのか……前田さんは考えると急に寒気がし始めた。夏の暑い気温なのに、勝手にこめかみから冷や汗が止まらない。

耳元にふうっと生暖かい風が吹いた。

「ひっ」

と小さく声を上げるが、窓から抜けた風に違いない。気のせいだと肝に命じた。

更に一番最恐といわれる風呂場に入る。風呂桶らしき場所に足を踏み入れる。

昔からある銭湯のタイル張りの風呂桶だ。

ここで患者の身体を洗っていたのだろうか……その光景がふっと頭によぎった。

するとその部屋の中から
「ううっつうう……うあああ」

と地鳴りのような音が、いやこれは声か、誰かの唸り声なのか耳にキーンと響く。

怖くなって、仲間に電話をした。怪我で療養しているが電話は大丈夫だった。

「ちょっと、この部屋の音聞いてくれね？　何か聞こえっペ」

仲間にこの部屋のうねりのような低いうなり声を聞かせた。

「いや、別に何も聞こえねえな」

「電話じゃだめか、しばらくつなげとくから音を録音しといてくれ」

「わがった」

仲間に音を録音してもらうことにした。電話を掛けっぱなしにして、また別の部屋に行く。スマホで動画を取ればいいのだが、暗くて写らない。持っていたデジタルカメラでこの風呂場やほかの病室を撮影した。

鉄格子のある病室に入る。板がバラバラと落ちていて資材置き場のようになっている。底がまた抜けていそうで奥までは入れない。

懐中電灯でぐるっと部屋を映したときだった。

窓の下に体育座りをした小さな人が見えた。

「うわ！」

思わず声を上げ、懐中電灯を落とした。

「やべえ、誰かいる」

慌てて仲間に聞こえるように声を上げた。仲間は無反応だった。

恐る恐るさっき人を見た場所に、再度懐中電灯の光を当てる。誰もいない。

「見間違いか」

そこを出ようとしたときだった。ぐいっと足首を掴まれた。

「うわわわ！　何か掴まれた！」

明らかに誰かの手で足首を掴まれている。出て行けないようにしているのか……そのときさっきまで耳鳴りしていたのが消え、耳元で
「行くな」

と聞こえた。男の低い声だった。

「ごめんなさい！　ごめんなさい！　なんまいだ、なんまいだ！」

とにかく謝ってそこから猛ダッシュで逃げた。よくわからないお経の言葉を唱えて。

だが、その霊気は前田さんに憑いていったようだった。

「おっかねえよ、気味わりいな」

仲間にそう告げると電話を切った。

仲間は寝てしまったのか近くにいないのか無反応だった。

走って逃げて、ようやく林の外に出た。近くに原付バイクを停めていたので、それに乗って元来た道を戻ろうとしたときだった。まだ耳鳴りが取れていないし、足を掴まれた感覚も残っている。頭ももうろうとしていた。

やっと大きな県道に出た時だった。青信号を右折しようとしていた時、向かいから来たトレーラーが直進してきていた。

まさか当たるとは思わなかったが、相手のトレーラーは暴走スピードで交差点に侵入し、あっという間に接触してバイクもろとも前田さんは倒れた。

意識不明。すぐ救急車で運ばれた。頭をひどく打ち、しばらく入院することになった。

その事故の瞬間だが、相手のトレーラーの運転手は
「原付バイクが右折しているのは見えなかった。何もいないと思って直進した」

と言ったそうだ。ブレーキ跡もなかったという。

前田さんの姿がそこでは消えかけていた、ということだろうか。

退院後、件の病院でのことを仲間が録音したものを聞いてみた。

それには前田さんの叫び声や声がほとんど入っていなかった。それは、キーンという耳鳴りのような高音だけが入っていて、声はかき消されてしまっていたからだ。

「行くな」

という声だけが聞き取れた、とも言う仲間もいたが、定かではない。

デジカメで撮った写真はたくさんの白く丸いオーブだらけでほとんど写っていなかった。

前田さんは拝み屋さんに頼み、自分とバイクになにか憑いていないか聞いた。

すると拝み屋さんはこう答えた。

「あなた、行っちゃいけないとこに行ったでしょう？　だいぶ霊を引き連れてきちゃったね。バイクもあなたもすぐに神社でお祓いをしてもらいなさい。私では祓いきれる数じゃない」

相当な数の霊が、彼とバイクに憑いていたそうだ。

ちなみに、あのうめき声が聞こえたという浴槽は、患者の死体をホルマリン漬けにしていたと言われている。噂の真相を知る者は、なぜかこの世にいないようだ。誰も知らない。

四十　撮り鉄　魔の踏切

（県央）

常磐線での人身事故の原因の一つにある「踏切事故」。

それはほとんどが飛び込み自殺だが、中には「他殺」ではないかと思われることもあるという。その犯人も生身の人間ではなく……。

『撮り鉄』をしていた真さんの話だ。ここで電車を撮るには絶好の場所だということでやってきた。真さん自身は日立に住んでいて、常磐線の鉄道の写真を撮るのが趣味だった。

高浜駅から神立へ向かう踏切、「第二S踏切」という名称だった。

そこは民家も少なく、遠くに神社らしきものが見える程度の人の気配が全くないような場所だった。車だけしか通らないようなところだ。

踏切の向こう側にランドセルをしょった小学生の女の子が立っていた。

ニコニコしてこっちに向かって手を振ってきた。真さんは知り合いでもないし、誰に向かって振っているのかと思って後ろを見た。

年齢は五、六十歳くらいの、おなかが出っ張ったおじさんが走ってやってきた。汗をかいていて、相当急いでいるようだった。

「オーイ！」

ああ、二人が知り合いなんだなと思って、真さんはカメラをいじっていた。

「カンカンカン」

踏切が下りる音がした。この音がするとあと一分くらいで電車が通過する。カメラを構えた時だった。

そのおじさんは踏切の棒をくぐって線路へと歩き出した。

もうそこまで電車が来ているのが見える、真さんは慌てて叫んだ。

「危ね！　おじさん危ねえって！」

おじさんは真さんを見て、少し笑った。だが電車はファーっと警報音を響かせながら
「キイイイイ、バーン」

目の前でおじさんが跳ねとんだ。手足や肉片が飛び散った。

鈴木さんは、飛び込み現場に遭遇してしまった。

後で警察で話を聞くと、そのおじさんは身寄りがなく借金も何千万とあり、生きるのが

嫌になって飛び込んだのだろうということだった。ホームレス寸前だったようだ。
だが遺書はなかったそうだ。真さんはあのおじさんの最期の笑顔が謎でもあった。
では、あの時踏切の向かい側にいた小学生の女の子はおじさんの誰だったんだろう。
電車が来る前に踏切を撮った写真には、女の子の姿は写っていなかった。
その踏切は家族が立て続けに飛び込んだりする、謎の事故多発地帯だったそうだ。

四十一　撮り鉄　女子高生

（水戸市）

真さんはそれからというもの、変なものが見えるようになってしまった。

電車のホームで見かける人の頭の辺りに黒い影が見えると、その人は飛び込みをしてしまうことに気が付いた。

一度、サラリーマン風の男性がホームに落ちたのを見た。

その人は最初から黒い影がつきまとっていた。黒い手が線路から何本も見えて、男性の足を引っ張って落としていた。

もう電車が入ってくる！　というのに、その男性の上に黒い影たちが覆いかぶさって身動きが取れず、ついに轢かれてしまった。

だからホームで撮影するときは塩を持つようにしていた。

水戸駅で、ある女子高生がホームの脇に立っていた。

撮り鉄の真さんは、ホームの端で待っている。入ってくる電車を撮りたいのと危険性から、ホームの手前にはいないことにしている。奥の端にいるのがベストなのだそうだ。

そしてもう一つの理由、その手前の端にはいつも黒い影が待っているからだ。

多分、そこで飛び込んだ霊が多くそこに集まっているのだろう。

その女子高生は変な動きをしていた。来る電車に乗り込まず、ウロウロして次の電車を待っている。

（この子、次の電車で飛び込むな……）

真さんは様子をうかがいながら、彼女の後ろにまわった。

電車が来る！　という時、黒い影が一斉に彼女を取り囲み、押そうとしていた。真さんは彼女の服の襟をつかみ、後ろに引っ張った。一緒になって倒れた。

その時だった。

「チッ」

と舌打ちする音が聞こえた。

ゾッとして、抱え込んだ女子高生を見る。すっと黒い影が消えていた。

「よかった、助かったねえ」

彼女はスカートの中も丸見えの状態で膝から血が出ていた。我に返ったのか怒りだした。

「何……するんですか！」

「今、黒い影に押されてたんだよ。危なかったね……」

「黒い影？　何のことです？」

女子高生は変な顔で見た。思ったより元気そうなタイプだった。自殺する雰囲気の暗さはない。彼女は少し怪我をしたので医務室で手当てをしてもらい、真さんも事情を説明した。

しかし黒い影なんて言っても信用されない。痴漢と間違われなくて済んだ程度で、女子高生も駅員も真さんを白い目で見ていた。元気になったと思ったが、また女子高生の頭に黒い影が見えていた。心配になり駅員に言った。

「彼女、よく言ってから帰してくださいね、次も飛び込もうとすると思います」

駅員は「ハイハイまた言ってるよ」とバカにしたような顔でうなづいていた。


その次の日、その近くの駅で飛び込み事故があった。

やはり昨日の女子高生だったそうだ。

水戸駅では止められてしまう、と思ったのだろうか。


自殺を止めても、黒い影は必ず命を狙いにくるのか、落とさせにくるのか、それとも彼ら自身の中にある心の闇が黒い影なのか。真さんはやりきれなくなった。

真さんはそれ以来、なるべく人に憑いている黒い影は見ないようにしているそうだが、入ってくる電車の窓に黒い影が張り付いている場合があるそうだ。

そんな時には「車両の故障」という車両関連での遅延のアナウンスが流れるという。

四十二　使用禁止のトイレ

（県央）

茨城県内を走る鉄道は常磐線、つくばエクスプレス、鹿島線、水都線など様々ある。茨城にある、とある駅のトイレの話だ。

『使用禁止』とドアに張り紙がしてあるトイレを見たことがあると思う。なぜそのトイレだけ使用禁止なのか深く考える人は少ないだろう。

蓮田さんは仕事でこの駅に降りる用事があった。ところが、電車内からお腹の調子が悪く、降りたらすぐにトイレに駆け込みたい衝動に駆られていた。

急いで入ると男子トイレは全部鍵がかかっていた。使用中なのだ。

一つだけ「使用禁止」と書いてあるドアが目に付いた。

しかし使用中止なら水も流れないとか、そういうことだろう。

「やべえな、早く出ねえかな」

他のドアは全く開きそうもない。

背に腹は代えられないと、その使用禁止のドアを開けることに決めた。流れなくても、取りあえず今は自分の大腸にあるものを排出さえできたらいい。

鍵がかかっていない、すっと扉は開いた。

だが目の前に見えたのは、異様な光景だった。

便座の上に足があった。

いや、人間の腰から下が吊るされている状態だった。

ちょうどスーツのズボンが吊るされたような感じだ。

「うわ！」

すぐに扉を閉めた。

文字通り、漏らしそうになった。これから仕事というのに脱糞はまずい。ソロソロともういちどゆっくり開けた。

何もなく、ただの便器があるだけだった。

「なんだ、目の錯覚か。焦らすなよ……」

ことを済ますと、水を流した。流れ方も普通で水が出ないとか、あふれかえるというわけでもなかった。

「普通じゃねえかよ。何で使用禁止なんだ」

一息ついて、便器に座って天井を見上げた。

スーツを着た男が張り付いて、こっちをランランとした目で見ていた。

「おいおいおい……」

慌てて出た。さっきまで満室だったはずなのに、誰もいなかった。手を洗って出ようと鏡の前に立った。

鏡には何人ものスーツ姿の男が蓮田さんの後ろに立って、写っていた。

みんな青白い顔で口から泡が出ていた。ひきつったような顔でいる者、苦しそうな顔の者。

目はどれも白目を剥いている。

「うわあああ、何だこのトイレ！」

ぞっとして飛び出した。

急いで駅員に話し、「このトイレに変なのがいる！」と騒ぎ立てた。駅員はヒソヒソと言った。

「ダメですよ。あの……色々出るんですから。使用禁止って書いてあったでしょ？」

「そうだけど、漏れそうだったんだよ。けど何人もいたぞ、最初は吊られたのが一人だったのに、最後は後ろに何人も……」

蓮田さんは錯乱状態で訴えた。駅員はうなづきながら冷めた目で答えた。

「あのトイレで自殺した人がいるんですよ。僕も処理しましたけどね。出るっていうから『使用禁止』の張り紙してるんです。しばらくは除霊がいるっていう話でね」

「てことは、除霊できたら使用可にするのか?」

駅員はうなづいた。

「そうしないと、全部のトイレを使用禁止にはできないでしょ?」

「全部って……他のところも自殺したのか?」

「まあ、他殺ってこともあるし、心臓麻痺もありますけど、そうですね」

蓮田さんはゾッとした。

「気を付けてくださいね。あそこで見えたって言う人いましたけど、その後が良くなくて……」

駅員が言った。蓮田さんはそれ以上聞きたくなかった。

「聞きたくない。じゃあ、どうも。ちゃんとお祓いしておいてください」

駅を出て、取引先の会社に向かうため、駅に並んでいるタクシーに乗った。客は誰も並んでいなかったので、すぐに乗れた。

乗り込むと、タクシー運転手が言った。

「お客さん、何人ですか？　この車は四人までしか乗れねえんだけど」

「俺一人だよ」

「あれ、五，六人いるように見えたんだけど」

「いねえよ。さっさと出してくれ」

蓮田さんは乱暴に言うと後部シートに乗り込み、左側のドアがバタンと閉まった。


その後、蓮田さんは散々な目に遭った。ほぼ決まりかけていた契約が破棄になったのだ。取引先も全く手のひらを返したように、蓮田さんを相手にせずに冷たい態度しかしなかった。とぼとぼと、また来た駅に戻る。脱力感と焦燥感が合わさった嫌な気分だった。

ホームで電車を待っていると、後ろに人の気配がした。それは複数いて、明らかに蓮田さんの背中を押そうとしていた。いくつもの手が体を触っているような感覚だ。

「押すなよ」

蓮田さんはつぶやいた。

押そうとした手がピタリと止まった気がした。

横をフラフラと歩くサラリーマン風のよれよれのスーツを着た男が通った。男は口からよだれを流していた。いかにも浮遊している霊のように。目もボケーっとしていた。

(こいつも死んでる奴だ)

蓮田さんは見ないようにしていた。そしてホームのベンチに腰掛けた。これなら押されない。電車が入ってきたとたん、その男はホームに飛び込んだ。

キキー!

肉片と同時に手や足がバラバラに飛んでいくのが見えた。向こう側のレールまで飛んでいった。血しぶきが舞った。

そのスーツの男は生きている人間だった。幽霊ではなかった。

駅員が走り寄り、ブルーシートがかけられ、大騒ぎになった。さっきの駅員が、茫然とベンチに座って見ている蓮田さんに気が付いて、深刻な顔をして会釈した。

蓮田さんも会釈した。自分は助かった、と思った。だがその瞬間こうも感じた。

(事故を起こして、すぐには俺をこの駅から出られないようにしてるってことだな)

手にしていたハンカチをくるくるとひも状に巻きながら、輪を作った。

まるで首吊りの紐の様に。

もう仕事もしたくない。生きているのが嫌になったと急激に落ち込みながら座り込んだ。

蓮田さんはこの後にうつ病にかかってしまった。病院で処方された薬が合っておらず、治療は長引いた。仕事も辞める羽目になってしまった。

何度も「死にたい」と思った。でもあの飛び込んだサラリーマンを思い出しては、やめた。人の死ぬ姿を見て闇に入り、自分の死ぬ姿を思い描き、なんとか浮上した。


駅はホームに飛び降りるだけでなく、駅トイレで自殺する人も割と多い。

中には女性トイレで亡くなっていた男性もいた。

招かれざる部屋に、入ってはならない。次はあなたの番になってしまうから。


そう蓮田さんは言うと、誰もいない向かいのホームに手を振った。

「ほら、見えるでしょう？　僕をまた呼んでますよ。こっちに来いって」

と言った。蓮田さんの目の玉は左右違う方向を向いていた。

僕はそれには答えず、到着した上り電車に乗った。蓮田さんはホームに残っていた。

一時間後、僕が乗っていた電車にアナウンスが響いた。

「〇〇駅にて人身事故が発生いたしました。誠に申し訳ありませんが運転再開は未定です」

〇〇駅は、さっき蓮田さんに話を聞いていた駅だ。

四十三　パチンコ店での肝つぶし

（東茨城郡茨城町）

国道6号線沿いにある廃墟と化したパチンコ店があった。中身はボロボロの内装で、パチンコ台が数台無残に置かれていた。

こうなると浮浪者やヤンキー達のたまり場になる。

ここへ肝試しに行こうと拓海さんと友人達は計画した。「廃墟巡り」が趣味だったのだ。

もちろん心霊スポットと言われる廃墟も何度か行った。中にはおかしなところもあるので塩を持ち歩いていた。ヤバイ場所に行くときは塩を振りかけると治る、という迷信で。

「丑三つ時の夜中三時に行ってやろう！」となり、懐中電灯とカメラを片手に乗り込んだ。

その日は夕方から小雨が降ったりやんだりする日だった。

梅雨開けしないムシムシした初夏の頃。

入ってみると、元パチンコ屋の室内は凄まじい状態だった。

壁の落書きもひどいが、入った途端の異臭がひどかった。以前二階で白骨死体が見つかったと言うし、まだ見つかっていない遺体があるんじゃないか？　と話しながら進んだ。

カメラでフラッシュつけた写真を撮っていた仲間の一人が騒ぎ出した。

「上！　上に顔が出てるって！　天井見ろ！」

拓海さんは慌てて天井を懐中電灯で照らした。

一瞬何かよぎった気がしたが、天井にはシミと落書きがあるだけだった。

「天井にびっしり顔が出てるだろ！　見ろって」

仲間は叫んで、そこから顔色が土気色に変わった。

ブルブルと震えだし、尋常な雰囲気じゃない。仲間の一人が神妙な顔をして言った。

「……ここやべえな。こいつも震えてるし、もう出るか」

「まだ入ったばっかだろ。塩でも振っとけば治るんじゃねえか？」

と拓海さんは持ってきた食卓塩をその震えている仲間に頭から振りかけた。ところが瓶の中蓋が緩くなっていたようで、全部の塩が友達にかかってしまった。

「うわーなんだこれ！」

「塩だよ！　全部出ちまった……お前ばっかで、俺らの分が無くなった！」

そして拓海さんはちょっといたずらをしてやろうと思い、静まった瞬間に空になった食塩の瓶を奥に投げた。

ガシャーンと響き渡り、仲間二人は真っ青になった。

「ギャー！　出た！」

とダッシュで逃げ出した。拓海さんは笑いながら連なるようにそこを出た。

その時、顔を手で撫でられたような感覚があった。

「うへっ」

生暖かい風がもわっと拓海さんを取り巻き、得体がしれないものを背中にしょったような感覚になった。急にガクンと肩に重みが乗っかった感じだった。

それぞれ家に帰り、昼まで爆睡してしまった。拓海さんが起き上がると、なんだかいつもより体が重い。肩に何か乗った感触がまだ取れない。

その時、家の電話がプルルルと鳴った。姉が出たようだ。

「拓海！　電話だよ！」

「誰から？」

「知らない、おじいさんみたいなしゃがれた声だったよ」

「誰か聞いとけよ～」

しぶしぶ一階に降りて、電話に出た。

「もしもし？　代わりましたけど……」

「ツーツーツー」

電話は切れていた。拓海さんは姉に文句を言った。

「切れてるし。何の用かだけ聞いといてくれよ〜せっかく寝てたのによ」

姉はムカっとした顔で答えた。

「『昨日拓海さんが来たので、その話で……』って言ってたよ。誰かの家に行ったの？」

「え……？」

拓海さんは焦った。

昨日はあのパチンコ店以外、どこにも出かけなかったからだ。


その後、神社でお祓いをしてもらうことにした。逃げ帰った友達も、映した写真に相当ヤバイのが写っていて、お祓いして捨ててもらわなきゃいけないと言っていた。

天井に複数の顔が映っていた写真だった。最初面白がってインターネットのブログにアップしたが、奇妙なメールが舞い込んだという。

「これ持ってるだけで二十日以内に家族が死にますよ」

その十日後、友達がかわいがっていた愛犬が事故死した。

神主さんには「お前ら、変なものしょってきたな」というような事を言われ、お札をもらって帰った。拓海さんは二度とあんな場所には行きたくないと話す。

その後、あの廃墟の二階から浮浪者の遺体が見つかっていたとの話をインターネットのオカルトサイトで知った。

白骨化した腕がだらんと天井から垂れ下がっていたのを、肝試しをしていたグループが見つけたということだった。異様な臭気とあの手で触られた感覚……拓海さんはさらにゾッとしたという。

あの日かかってきた電話は、死んだ浮浪者からのメッセージだったのだろうか。

それとも、霊のたまり場を荒らした苦情の電話なのだろうか。

四十四　鬼怒砂丘慰霊塔

（常総市若宮）

タクシーの運転手をしている樋口さんの話だ。岩手の出身で、言葉も東北弁の名残がある、茨城弁とは少し違うが、特に問題はなかった。宮城や福島からも茨城に移住している人は多い。和やかな東北弁は聞くだけで癒される。

二十年ほど前の夏に乗せたおばあさんの話だ。

ちょうどお盆の前の頃だった。

旧陸軍の慰霊の塔があり、そこには戦死者を弔うための碑が立っている。終戦記念日の八月十五日にはお参りをしている、というおばあさんがいた。お兄さんをビルマ戦線で亡くしたという宮城から来た人だった。

その日は亡くなった親の初盆でどうしても来れないので、その前にやってきたという話だった。駅前で乗せて、東北弁で話しながら故郷を懐かしんだ。

鬼怒川のほとりの丘に建てられた、一風変わった建物だった。金色の屋根に白い壁。初めて外観を見て樋口さんも惹きこまれた。樋口さんの親戚も戦死した人がいたからだ。

「うちの伯父も戦争で逝っちまったべさ」

おばあさんとは話が合い、足が悪そうだったので、塔の中まで歩いて連れて行ってあげることになった。おばあさんはとても喜んで頭を何度も下げた。

昼間はとてもきれいに整備された公園といった感じであった。

おばあさんと一緒に慰霊碑に頭を下げた。おばあさんが座って拝むので、樋口さんもしやがんで手を合わせた。手を合わせるとき、つい目を閉じてしまう癖があった。

その時だった。

何となく視線を感じて目を開けると、ズラリと足が見えた。白く包帯でまいたようなゲートル（戦時中に兵隊が足につけていた物）、汚れたような裸足の足、黒っぽい汚れた軍靴。明らかに軍人達が自分たちを取り巻いて立っているのがわかった。

おばあさんと自分を取り囲むように、そして静かに立っている。

背筋が凍りつくような戦慄を覚えたが、そこでは何も声を発することなく、おばあさんを介助して立ち上がった。

立ち眩みをした瞬間、立っていた一人の軍服の男が敬礼したのが見えた。

その軍服はもう半身が出ている程ボロボロで、顔も半分包帯に巻かれ、片腕がなかった。

（これは生きている人じゃない。ビルマで亡くなった軍人さんの亡霊だ）

深々と頭を下げ、通りすぎた。


おばあさんには後で言おうと、タクシーに乗ってからさっき見た軍人さんの話をした。

するとおばあさんは涙を流してこう言った。

「兄さんはお骨も無くてえ、骨壺に紙切れ一枚だったべさ。どんな最後だったかもわがんね、それはきっと兄さんに違いねえ。あんがとなあ。これ釣りはいらねえですから、お礼だあ」

と、駅に着いて出るときに一万円札を置いてくれ、出て行った。

倍以上の乗車賃に、これはもらいすぎだ！　と慌てた樋口さんは、

「お客さん、こんなことくらでもねえですって、お礼なんてえ」

とお釣りを用意して運転席のドアを開けると、そのおばあさんは消えていた。

足が悪くてヨタヨタとしか歩けなかったはずなのに。

駅も見渡したが、そんな人はどこにもいなかった。


それからだった。この慰霊の塔では、傷だらけの軍人の霊や、泣いて慰霊碑にすがりつく老婆の霊、そして鬼怒川周辺を歩き回る軍人たちの集団を見かけると噂が立ち始めた。

骨は日本には戻れなかったが、魂はこの地に戻っておられるのかもしれない、と樋口さんは思い出していた。

「おっかなかったべさ。夜にここに連れてってくれって人もいたんだべ。そんときは、何度も座席に乗ってるか確認したさ。いねぐなったときもあったべさ。特にお盆の頃な」

着いたときに振り返ると乗っていない、そんな体験もあったという。

この慰霊の塔を建てたのは、常総市にお住いの稲葉茂さんであった。

太平洋戦争時、日本陸軍最年少の将校として、ビルマ派遣軍におられた。

ビルマ（現ミャンマー）のインパール作戦要員として最前線で戦った。飢えやマラリアに苦しみながら、多くの仲間が無念の死を遂げた。奇跡的に生還した戦後は私財を投じて、戦友たちの供養に慰霊塔を建立。ミャンマーの古戦場を巡礼し支援も欠かさない。

当時の兵士たちの心のより所だったミャンマーの仏塔「パゴダ」を模して設計し、場所は最上階から見下ろす風景がミャンマーを思わせる鬼怒川東岸の鬼怒砂丘を選んだという。

この旧石下町からも百三十五名が出征したが、生還できたのは二十五名のみだったそうだ。

鬼怒川を散策する軍人達の魂は、戦友に感謝し、ゆっくり佇んでおられるのだと思う。

四十五　水戸赤沼牢　天狗党の乱

（水戸市東台）

水戸市内で最も霊気を感じる場所はここだろう。赤沼牢屋敷と吉沼磔刑場跡だ。水戸駅は水戸藩の居城にほど近く、そして幕末には三百五十人もの処刑をしたという赤沼牢屋敷もその敷地近くにあった。

元々水戸駅の南口は千波湖が広がり、後々の埋め立てで現在の姿になっている。北口の方が古めかしい情緒があるのはそのせいだろう。

弘道館や水戸城跡へは高台に上るのはその元々の地形にある。

徳川御三家の水戸藩の幕末は混乱を極めていた。

天狗党の乱が勃発し、藩内で戦争となった。大洗や那珂湊では大砲の打ち合いが続き、何人もの犠牲者が出た。しかもそれを誘導したのが、水戸藩家老の武田公雲斎、藤田東湖の子、藤田小四郎であったから大問題となった。

最後は福井で捕らえられ、水戸の赤沼牢に入れられる。臭気漂うひどい牢に入れられ斬首。その首はあちこちの高札場でさらされた。

しかも、関係者の妻子供、孫までが殺されるというありさまだった。武田公雲斎の子供はまだ三歳だったが、命乞いして「おじさんごめんなさい」と泣きすがるにもかかわらず、胸を一突きして殺された。だが生き残った孫はその後恨みを晴らすべく、勢力の変わったときをみはからい、その時に一族郎党を皆殺しをした諸政党の虐殺を始めた。

血で血を洗った時代があった。

これだけの尊王攘夷の先進的な学問を身につけた武士達が、明治政府では一人も排出できなかったのはこうしたお家騒動があったためだ。有能な人材が皆死んでしまったからだ。しかもその後継者まで。斬首、野ざらしの上、墓にも葬られていない遺体がある。


そして、首なしの胴体は吉沼刑場に持って行かれ、穴に埋められた。

その場所を『土壇場』と呼んでいる。現在は東水戸駅近くの公園になり慰霊碑がある。

また土壇場では、首なしの囚人の死体を日本刀の試し切りにも使ったというから、ここでの死体への怨念は尋常ではないだろう。

昭和の初めまでは、土から引きずり出した遺体の肉や骨をむさぼる野犬がいて、臭気も凄まじかったそうだ。霊を見た者よりも、遺体の断片を見た者の方が多かった。

昭和十八年にこんな場所でも、食糧事情のために水田にしようとした。

だがその実った米を食べた人が皆病気になってしまい、供養の塔を建てたとの事だった。

水田もやめて元の姿に戻した。

礫のあった刑場も道路を挟んだ場所にあり、今は荒れ地となっている。ここは妙に土が盛ってありその姿は塚そのものである。こちらには慰霊碑はない。


戦後、吉田屋製材所の所有地となっていた赤沼牢屋敷跡地の千坪が、銀行で競売になりそのうち六百坪を根本常次郎さんが買い求めた。

そして昭和二十六年、妙法寺のお坊さんの七十日に渡る慰霊の断食も行われ、慰霊碑は建立された。

それはこの牢の跡地近くで下水溝工事の掘削をしていた人夫が言い出したことによる。

「ここの土の色は異様だ。赤土とはいえ、異様に赤い」

染みついた土に流れた血は塊となり、百年経ってもなおその昔の惨劇を語る。

その周辺土地には霊の通り道があり、苦しむような声や、首なしの霊を見かけたという情報は多い。

その場所は事情があって伏せるが、それはまだ成仏できない刑場の霊ともいえよう。

当時の凄惨な現場を綴ったものを抜粋する。

赤沼牢の処刑場は、その空堀を越えて板塀に取りつけば、ところどころの節穴から刑場の有様がうかがえた。

平地に縦二尺ばかりの穴を掘り、その穴の前に囚人を座らせ、番太郎が囚人の首を穴の方に突き出せば、執刀者は狙いを定めて掛声もろともこれを斬り落とした。

死刑囚は殺される朝にサイの目に切った豆腐を食わされた。

城下の町人達は明治、大正になっても豆腐をサイの目に切る事を嫌い、首を斬る時の音に似ているというので濡れ手ぬぐいの端を両手で持ちパッと音をたてて広げるのを嫌がった。

果たして、今その赤沼牢の跡地に何があるか、あまり考えたくはない。

四十六　天狗党の慰霊碑

（保和苑　回天神社）

水戸から車で五分ほどの場所に、保和苑がある。湧き水の池に庭園のこの作りが東京にある水戸藩屋敷跡の小石川庭園の池をミニチュアにしたような雰囲気だ。

月浦さんと水戸での取材のあと、天狗党の話になった。

「水戸から車ですぐのところに、水戸藩士の殉死の墓所がありますよ。用事がある方向に近いので送っていきます」

というありがたい話から、保和苑に行くことになったのだ。

水戸光圀が名付け親となった保和苑の隣の敷地に水戸藩士の天狗党の乱や他で殉死した武士の墓がある。

天狗党の乱では三百五十人も死罪となった。家族郎党まで殺された。

また、福井藩に預かりとなった罪人は、手足を小さなニシン倉庫に詰め込まれ、糞尿も腐った魚も一緒で、悪臭漂う中二十人も死者が出たという。その実際のニシン倉庫が展示されている。中には絶筆まで残っており、異様な雰囲気がある。わざわざ歴史資料として残しているが、相当な怨霊の念を感じる場所だった。もし志士の霊がいるなら、二度と戻りたくない場所だろう。

藤田東湖の著書にある言葉『維新回天』から名付けられた回天神社がある。明治維新という言葉もここからできていただろうし、太平洋戦争の人間魚雷の『回天』もこれから名付けられた。

その向かい側に水戸烈士の墓が立ち並んでいる。隊列のように名前を書かれた墓石が立ち並んでいる。

入った瞬間のすさまじい霊気と冷気が、晩秋の夕暮れの早さとともにやってきた。志士の墓はシンプルで、どれも形がにているが、その量に驚く。

一体なぜこうも有能な志士たちが、命を懸けて守りたかったものがいまだに見えない。

「本当は、天狗党を作った人たちも、幕府を倒そうとかは考えてなかったみたいなんですよね……」

月浦さんがつぶやいた。

「この内乱があったせいで有能な志士がいなくなり、明治政府にも水戸藩士は入れず出遅れたと言われてるんです」

しかし、南の出身の僕には、葵の一門となる、しかも水戸藩出身の徳川慶喜公の藩士が明治政府に入ることはなかっただろうと推測する。

西郷隆盛も単なる田舎の下級郷士でなく、熊本の名門、菊池一族の末裔である。彼の家紋、『重ね鷹』は一族しか持つことができない。家柄の信用があるからこそ、重用されていった。

家柄は武士が着ている紋付袴の家紋でわかる。いわゆる身上書や先祖のことを家紋一つでわからせる。坂本龍馬も明智光秀や加藤清正の桔梗紋が入っていたことも意味があるだろう。桔梗紋は悲劇が多いとも言われるが、真言宗智山派はまさに明智家と同じ桔梗紋である。いちがいには言えない。

普段は数珠を持たずにお墓で手を合わせないが、そのときは月浦さんに合わせて、数珠もなく手を合わせた。

何となく手を合わせた瞬間に、全身に悪寒が走った。

このままだと寒気を通り越して、風邪をひきそうだ……と思い、墓群に一礼して写真に収めた。

そのあと保和苑の美しい泉を見た。

和を保つことが、水戸光圀の願いだったのだろう。

調和する夕焼けの空と、震えるような水紋のひずみが空を写し、また違う思いに駆られた。

「あの、茨城県護国神社も行きますか？　それも車だとすぐだから、送りますよ」

と嬉しい提案をしてくれた。もし彼が行こうと言わなかったら、神社にはいかずに帰った。必ずこういう場所に行った後は、お祓いを受けることになる。

その後の怪奇については、本著にも載せている。

家に帰り、霊感のある友人に回天神社の前の烈士の墓を見せた。

「うわ、すごいところに行ったね！」

「雰囲気はすごかったね」

「いやいや、この写真ヤバイよ。すぐ消しな」

「どういうこと？」

「この細い墓の上にそれぞれ生首が載ってるよ！」

僕が感じた霊気はそのことだったのだろう。


回天神社では桜田門外の変や天狗党の乱などで亡くなった志士たちを祀っているため、彼らに対する慰霊と結界を張るように建立されたのであろう。

水戸藩でも改革派と保守派に分かれており、徳川斉昭を擁護した藤田東湖は重用され、その子、藤田小四郎が天狗党を結成していく。

武田耕雲斎も小四郎に誘われ、天狗党の首領になる。最後は捕まり、非業の死を遂げる。家族も死刑となった。敦賀には彼の銅像と墓石がある。

四十七　霞ヶ浦分院

（稲敷郡美浦村）

「君と出会った軌跡はこの胸に流れてる　きっと今は自由に空も飛べるはず
夢を漏らした涙が　海原に流れたら　ずっとそばで笑っていてほしい」

スピッツの「空も飛べるはず」の歌詞である。

この霞ヶ浦分院でこの曲のＰＶが撮影された。今はもう無き木造の古い兵舎では看護師たちと昭和のドクター風の男性とメンバーが歌っている。

海の近くのような場面も霞ヶ浦であり、この場所で撮影されたことに意義を感じるような歌詞だ。このＰＶには窓から見る人の影が映っており、心霊ＰＶとしても有名なのだ。

海軍の飛行隊の跡地で、空と海を歌うなら、当時の飛行兵霊達が寄ってきて当然だ。

自由に空が飛べたら、夢を見ることが叶うなら、そんな気持ちで聴いたことだろう。

映画スタッフの山田さんは、この霞ヶ浦分院に来た。戦時中の映画を撮るためにこの辺りの風景をロケハンに行くことになった。

元司令室の鉄筋の建物内部を使って撮影することになっていた。

ちょうど新人女優もついていきたいというので連れていった。

冬の十七時くらいに到着すると、辺りはもう真っ暗になっていて、肝試しでも来たような気分になった。しかも雨が降り出し、気分的には憂鬱だった。

「ここ、雰囲気的に何かありそうだよね……兵士の霊でも出そうだよ」

新人女優のユリ（仮名）は少し変わった女性だった。アングラ系の舞台出身で、今回初めての起用だったので張り切っていたのだろう。

彼女はいきなり持っていたカバンを放り投げると、

「私はここで生きる！　この世界が私を呼んでるの！」

と叫んだ。映画の脚本に似たセリフがあるので、それを練習しているようだった。

山田さんはユリと建物を背景に写真を撮って、その日はやめることにした。

雨が降り出したからだ。ユリはまだそこで練習したそうだったが、カメラや機材が濡れるのも困るのでユリを促して帰ることにした。

暗闇から、ちょっとイカれたような目線でユリが言った。

「お土産があるの、これ、あなたに」

と言って傘を渡してくれた。さび付いたボロボロの青いビニール傘だった。

「あれ、この傘どうしたの？」

と聞くがヘラヘラして答えない。変な奴だ。でも女優ってそんなもんかな。どこか憑りつかれてるようなところがあるし。

そう思いながら、取りあえずその傘を二人で差して車に乗って帰った。

駅までユリを送り、その傘はそのまま車に載せて自宅へ帰った。

山田さんはその頃、同棲している彼女がいた。彼女は少し霊感が強かった。

雨がひどくなり傘を差して、玄関の靴の近くに立てかけて置いた。


朝になり、山田さんがコーヒーを淹れていたときだった。

「キャー！」

と彼女が声を上げた。何があった？　と彼女のいる場所に行った。彼女は玄関を指さして
「女の人が立ってる……」

と言った。

玄関にあるのは、昨日持ってきた青いビニール傘だけだ。

「傘しかないよ、何言ってんだよ……」

と山田さんは傘を取りに玄関に行った。

その時、頭の先からつま先までゾクッとする悪寒が走った。山田さんは幽霊は見えないが、いそうな場所に行くとこの悪寒がするのだ。

「いやー！　あなたに女が絡みついてる！　ドア開けて！」

彼女が半狂乱になって騒ぎ、山田さんに向かって塩をふりかけた。

玄関を開け、その傘を外に捨てた。すると彼女はほっとした顔になった。

「危なかった。その傘どこから持ってきたの？」

「昨日……ロケハンに行った霞ヶ浦分院ってとこだよ……置き傘かな」

「あれに女の霊がくっついてたから。すぐ捨ててね。危険な霊だったから」

その後、玄関を開けたら捨てた傘がなかった。誰か持っていったのだろうか。

昨日撮った写真を確認してみた。

ユリの背景に古びた窓があるのだが、そこに白い服を着た女性が立っていた。

噂に聞いた、分院に出るという女の霊だろう。これが傘にくっついてきたのか。

「これは……写っちゃったか」

その写真は処分した。

他の写真も雨粒が映ったのか、オーブなのか、ユリの顔が隠れるくらいにたくさんの白い丸いものが写っていた。

そのユリが写っている写真を覗いて見ていた彼女が、背後でぼそりと言った。

「この女だ」

山田さんはまた全身に悪寒が走った。

映画は違う場所で撮影することになった。理由はわからない。

その後、ユリは映画のキャスティングから名前が消えていた。

辞退したそうだ。理由は体調不良ということだった。


霞ヶ浦分院。

戦時中の名称は、鹿島海軍航空隊跡。鹿島海軍航空隊の本部庁舎があった。昭和十三年に建てられたものである。筑波海軍航空隊も同年の鉄筋建築であるから、作りがよく似ている。ただ、霞ケ浦の湖畔にあるせいか、建物自体はもっと古めかしく見える。

当時は、航空母艦をイメージして作られたと言われる。水上偵察班や潜水艦の攻撃隊も加わり、内地の防衛、搭乗員の教育、鹿島灘での対潜作戦を主な任務とし、千人を超える大規模な基地であった。

ここからも特攻隊として飛び立っていった若き兵士たちがいた。

戦後この建物は、結核のための東京医科歯科大学霞ヶ浦分院と、国立公害研究所として利用されていた。今は廃院となり敷地自体は国立環境研究所が利用しているそうだ。

時々窓に見える女性の霊の目撃情報は、結核患者の女性ではないかと言われている。

きっと今は、自由に空も飛べるはずだ。

四十八　天国の階段から

（水戸市）

「彼は偉大な歌手でした。多分誰も真似できない声と心を持って、被災地や世界を廻っていました。まさかこんなに早く亡くなるなんて……でも僕に会いにきてくれたんですよ」

三十年も会社を挙げて応援してきた、ファンクラブの東海支部の村上さんは話される。

昭和を代表する歌謡曲、「四季の歌」や「Ｄ51」「イヨマンテの夜」などを透明感ある壮大な歌声で歌い上げる水戸出身の大物歌手がいた。

菅原やすのりさんである。

彼の父は軍人であり、満州事変の時に日本陸軍で活躍した。その後軍属となった。

終戦は奉天で迎え、ロシア軍が攻め入ったときは、屋根伝いに逃げなければならなかった。兄弟が多く、夫婦で両わきに抱えられるのは四人まで。

赤ちゃんの菅原さんだけは連れていけずなんとその家の中に隠したのだ。

ロシア兵がもぬけの殻の菅原家に入って物色したというのに、この赤ちゃんはすやすやと寝息を立てて眠り続けていた。
一夜の逃避行から戻ってきた父と母はやすのりさんを抱きかかえ、無事に涙を流した。二度とこの子を離すまいと誓い、それからはどんな逃避行でも連れていき、動乱の中国から無事に水戸に帰ることができた。

彼は世界八十一か国を廻り、平和のためのコンサートを開催してきた。自身が水戸の出身であり、県内はもとより東日本大震災後の被災地を巡った。
誰も近づけない頃に、すぐに食料を持って三陸地域にも行き、歌を届けていた。奉天での苦しい生活と水戸で培った心から、世界の人々を歌で幸せにしたいという思いからだった。

南極でのコンサートでは猛吹雪の悪天候の中、菅原さんのコンサートとなると、急に晴れる。彼は強運の持ち主で、ファンからも「神の祝福を受けている」と崇められていた。
しかし不思議なもので、神に愛され過ぎた人はその命もまた神の元へ行くのが早いのだろうか。白血病にかかってしまった。

病後に復帰し、尾張旭スカイタワーでのコンサートがあった。

村上さんも当然その場に歌声を聞きに行った。

ファンは皆、病気から回復したとばかり思っていた。猛烈に声量を必要とする歌を何曲も披露してくれ、未来や将来の展望まで話され、前途洋々とした雰囲気であったから。

ただ、最後のお見送りの時に、なかなか菅原さんが出てこなかった。本当は楽屋で倒れる寸前であったのだという。

村上さんは、その日の菅原さんがどうも様子がおかしいということに気づいていた。

「体調も復活した」という割には本調子でないのは感じたし、何か彼に影が見えたのだ。

ステージに立った菅原さんの横に誰かが立っているような感覚もあった。

ちょうど彼は「父の言葉」という父へのメッセージを綴った歌のキャンペーン中でもあり、「生きる」という著書を出したばかりだった。

菅原さんの父は六十歳の若さで亡くなっている。もう随分前のことだ。

その日ばかりは彼の父が彼のそばに立っているような感覚が、村上さんにはあった。

村上さんは小さい頃に父を亡くし、父への思いは大きかった。社会のあらゆる場面でのピンチの時も、亡くなった父の霊が救ってくれた感覚が常にあった。

ステージの袖に、菅原さんを見守る人が見えた。しっかりとした体格、顔立ちで、容姿が彼によく似ていた。村上さんは直感で、

「亡くなったお父様が見に来られたんだな」

と感じたそうだ。


コンサートの後、村上さんたちファンが出て行く時の事だった。

「村上さーん！　本当に今までどうもありがとうございましたー！」

響き渡る声が、村上さんの胸に刺さった。

ハイヤーの窓から身を乗り出し、手を大きく振る菅原さんの姿だった。

今までこんな風に声を上げられたことがなかった。村上さんは本能的に思った。

（この人は、もしかしたらもう会えない人なんじゃなかろうか……）

村上さんは今まで流したことがない涙を流した。なぜ泣いたのかわからなかった。

「菅原さん！　お父様も見ておいでででしたよ！　今日は最高の復活コンサートでした！」

『お父様』という言葉を聞いて、菅原さんは深く笑顔でうなづいた。

「はい！　また、会いに行きます！」

「私もです！」

そうやって男同士の長年の絆を呼び掛けあった。

それから一週間ほど経った日、町内の自治会の仕事で出かけようと、玄関先で革靴を履いて帽子を被ろうとしたときだった。

「村上さん、お世話になりました。今まで本当にありがとうございました」

と耳元で声が聞こえた。

「菅原さんですか」

彼の独特な透明感のある響く声はすぐにわかった。

それほど彼の声は、村上さんの思い出の中の道標だったのだ。

村上さんは保険会社で役員をやっていた。会社を挙げて彼の歌声をバックアップしていた。今はもう退職してしまったが、彼の歌を聞くと自分の若かりし頃、精力的に働いてたがむしゃらな時期を甘酸っぱく思い出すのだった。

だからいつまでも彼を応援していた。壮年期の絆は青年期のそれより強い。

「さようなら」

耳元の声は、二人の絆の終焉を知らせに来たようだった。明らかに菅原さんの声。

「菅原さん！　どこに行くんですか！」

姿は見えず、「さようなら」だけが響いていた。村上さんは思った。

（もしかしたら、今、天国へ召されたのかもしれない）

その後だった。ファンクラブの友人から電話が入った。

「菅原さんがお亡くなりになりました……」

がっくりと膝を落とし、村上さんは男泣きに泣いた。

「さようなら！　お疲れさまでした！」

天国に届くように空に向かって声を上げた。

空にあの菅原さんの笑顔が見えた。そしてその傍にはお父様が彼の肩を抱いて、肩を組みながら階段を登っていくように見えたそうだ。


その後も彼を偲んでファンクラブでカラオケルームに集まることがある。

その時に不思議なことがあるそうだ。菅原さんの歌を歌うと、九十点以上の点数が出るという。長年の女性ファンが「Ｄ51」を歌った時は初めて歌ったのに九十五点が出た。

それも彼の天国からの神業なのかもしれない。

茨城出身の歌手であったためか、持ち歌に「Ｄ51」がある。蒸気機関車のメーカー、日立製作所があるから彼に作ったという噂もある。Ｄ51は一九三六年から一九四四年まで製造された。彼が生まれた頃、最も製造された蒸気機関車である。

彼らのいた満州を走っていたのは『あじあ号』。

機関車イラスト：Hiro

満鉄時代のイデオロギーは、今の日本の鉄道技術に生きている。

四十九　釣り人戻らず

（ひたちなか市）

樋口さんは魚釣りが趣味で、那珂湊から大洗の漁場で夜釣りをするのが好きだった。魚釣り仲間に、釣り具店の佐藤さんがいた。

佐藤さんはとても親切で、えさや釣れる場所などをいつも樋口さんに教えてくれた。

樋口さんがある晩に体験したことである。

大洗の海岸沿いを走っていたときだった。

道の路肩に白い服を着た女性が立っていた。時間は深夜十二時。こんな時間に女が一人なんて不気味だなと思った。

気づくと同じ道を走っていることに気づく。磯前神社の鳥居を通りすぎてそこからずっと海岸線を走っているはずなのに、さっきの女性が道脇に立っているのだ。

「あれ、なんで着かないんだ？　それともさっきの女、着いてきてるのか？」

気味が悪いな、と思っていたら、佐藤さんの白い軽自動車が路肩に停まっているのが見えた。

樋口さんも路肩に車を停め、クラクションを鳴らしたが佐藤さんは気づかないようだった。発進した佐藤さんの車がどうもおかしい。右に左にと蛇行運転をしている。

「酔っぱらってんのかな」

当時は飲酒運転も多く、夜釣りは焼酎を飲みながら、という釣り人も多かったのだ。十メートルほど行った先で佐藤さんの車が止まった。さっき見かけた白い服を着た女性が車の横に立っていた。ドアが開き、彼女は乗った。

さっきから見かけていた女だ。当然、ゾクッとした。

「佐藤さんの連れだったのかな」

樋口さんの車が急に何かを巻き込んだようにガクンと止まった。外に出てタイヤを見てみたが、特に何も詰まっていない。

海が見えた。誰か泳いでいるように水しぶきがあがっていた。夏でもないのに何だろうと思って見ていたら、姿はなくクロールするような腕だけが見えるのだった。気味が悪くなり、また車に戻りエンジンをかけると、暗闇からすうっとまたさっきの髪の長い白い服の女が浮いたように出てきた。

「ひっ」

「乗せてください」

頭の中にテレパシーのような女の低い声が響いた。

「いやだ！」

絶対乗せるもんかと思い、車をバックさせて急発進した。

走っているうちにやっといなくなった、とバックミラーを見るといない。

ほっとして、左右のサイドミラーを見ると、助手席のミラーに二つの目ん玉だけが映っていた。

「ひっ」

時速百キロくらい出して、どこを走ったかわからないくらいに走り、家に帰った。帰ってからも怖くて、そのまま高熱が出て寝込んでしまった。


一か月経ち、ようやく元気が出てから、佐藤さんの勤める釣り具店に行った。どうやら不在のようだった。

「今日は佐藤さんどうしました？　お休み？」

すると店長が悲しい顔で言った。

「佐藤さんねえ、一か月前くらいかなあ、海に落ちちゃって亡くなったんだ」

「ええ！　僕は先月会いましたよ、夜釣り行く途中で……」

「なんかね、酔っぱらって海に落ちたらしいのよ。釣り道具は持ってなかったみたいでね。車は路肩に停めてあったんだけども……水死体で上がってなあ」

「いつ、いつです？」

それはあの夜、車で遭った日だった。確か女性が一緒だったような……と思い聞いた。

「あの、佐藤さんはその、落ちた時って一人だったんですか？」

「水死体は佐藤さんだけ上がったと思う」

「あの夜、僕は佐藤さんの車みかけたんですよ！　女の人を路肩で乗せてました。でも変なんです。僕にもその女性が乗せてくれって言ったんですよ」

「？　よくわからんなあ。佐藤さんにつきあってる女性なんかいなかったよ。ひとり者だったし、遺品整理もしたけど、何もなかったなあ」

「じゃあ、あれは誰だったんだろう」

「わっかんねえなあ」

わかるのは、女性を乗せた者は死、乗せなかった者は生きた、ということだ。

大洗海岸には、よく水死体が流れ着くそうだ。海水浴場があることもそうだが、いつも同じような場所に流れ着く。

溺れた人は一度深い底に沈むが、二，三日経つと体にガスがたまり、膨らんで浮きあがって潮の流れに合わせて海岸に打ち上げられる。

その遺体が集まる海岸の辺りを『しおどめ』と言う。『汐留』という地名が東京都新橋の先にもあるが、あのあたりは以前は貨物列車の駅で、ＪＲが払い下げた場所である。その前の由来は……わからない。

五十　パルプ工場から憑いてきたモノ

（高萩市）

茨城県妖怪探検隊の士郎さんの話である。霊と妖怪の件で、士郎さんとは親交がある。彼は霊が立つ場所や伝説の妖怪が出た場所まで行くので、僕と取材スタイルが似ている。大変信用できる情報をくださる。ここから先は、士郎さんの言葉で語る。

「パルプ工場跡地に何か出るって噂を聞いて調査に行ったら取り憑いたのか付いてきたのか変な事が起こったことがありました。どんな事かと言うと、夜中に寝室の外壁をガリガリする音がしたり（部屋は二階で周りには壁を擦るようなものは何もないです）夜中の二時二十三分かな？　決まった時間に家の電話が鳴る。しかも番号が通知されないので非通知でも公衆電話でもない。『――――』ってディスプレイには表示されてました。しばらく続いて怖かったので、盛り塩したら治りましたｗｗ」

これは友人が体験してきた話なんですよ……。

ちなみに「パルプ」というのは日本加工製紙のことです。場所は高萩市です。で、個人的にちょっと気になることが……。

加工製紙跡の怖い話は知らなかったのですが、そこと隣接する旧共同病院跡は、結構心霊スポットになっています。

なので、彼に再確認してみたのですが……。

彼の返答では、

「そうなんですか、あの辺りを結構徘徊していたのでもしかしたら協同病院の方にまで足を踏み入れてたのかもしれません。跡地の中か外だかわからないのですが、鳥居があるらしくそれがヤバイとの噂でした」

加工製紙跡は今は太陽光発電になっていますが、それ以前は、廃墟と化した場所をはじめとする利用して、仮面ライダーや戦隊もの、その他ドラマのロケ現場として使われていました。

僕個人としては共同病院跡のほうがそれっぽい（心霊が出そう）ような気がしますよ。それに、共同病院跡は今でも更地なんです……。

参考にまで付け加えますと、現在、どちらの敷地も関係者以外は立ち入ることができません。フェンスの外から様子を窺うのみですね。

旧共同病院は、病院内の事情に通じている人ならもっと凄い話を知っているかもしれません。

新共同病院もそうですが、特に旧共同病院は先輩看護師による後輩看護師へのイジメが酷かったようです。

加工製紙のほうは、廃業が決まったあとに絶望した従業員が自殺した、という話は聞きました。一人ではなく、何人かの方が亡くなった（集団ではなく個別に）ようです。

余談ですが、件の大島てるサイトで調べると、高萩にも何かありそうですね。亡くなられた方に申し訳ないのですが、あまりに持ち上げたくないのですが、震災の第一波で落ちたコンクリートの屋根（車寄せのようなもの）の下敷きになって亡くなった女性がいました。

接骨院での事故でしたが、患者として来院していた彼女は、地震の揺れに慌てて飛び出し、玄関先で屋根の下敷きになってしまったのです。その後、接骨院は移転（廃業か？）しました。大島てるの事故物件にありますよ。もっとも、霊が出るという話は聞いていませんが。

その女性は結構有名な……というか、高萩では知られたおばちゃんで、駅前の蕎麦屋の店員さんでした。

五十一　たこの権八

（高萩市）

水戸の殿様の刀持ちがここの淵に太刀を落としてしまい、御下命を受けた権八が太刀を探すことになったそうです。

いざ潜ってみると、淵の底には御殿があり、権八はそこに案内されました。権八は御殿の姫に手厚くもてなされ、太刀を返されましたが、

「ここであったことは誰にも言ってはならぬ」と口止めされました。

しかし権八は銭湯で友人に淵の底であったことを言ってしまいました。

半月が過ぎ、大潮の日に潮の引いた磯で釣りをしていた権八でしたが、磯に近づいてきた大きなサメに食われてしまいました。

この淵は海門橋から上流に向かって左側だと思うのですが、木々の生い茂った林がそのまま水面に落ち込んでいて、さらにその下が水深の深いところだと思うとぞっとします。

願入寺の下に位置するので、その岸に辿り着くには寺の境内から行くしかありませんが、

か怖くて……。

想像するだけで卒倒しそうです。

対岸から眺めたことはあるのですが、取材はそれだけで終わってしまいました。なんだか怖くて……。

茨城妖怪探検隊　士郎氏筆

この淵の写真を見たが、確かにもののけの姿が見え隠れしそうだ。写真を霊能者に見せた。たこの権八かどうかはわからないが、たくさんの人がここでおぼれ死んだ、もしくは沈められたようで、水面からいくつもの手が出ている、よくこんなところに近づけたものだな、と。権八が淵の底で会ったのは、水死した人たちの霊であろう、と。

五十二　入ってはならぬ幻の村

（高萩市）

僕の知人にSさんという高萩市に住む六十代の女性がいます。

そのSさんの話です。Sさんの息子さんや娘さんがゴルフをされているそうで、ある日、家族揃って栃木県か県内の大子町だかのゴルフ場へと行くことになりました。Sさんはゴルフをしませんが、ドライブ気分を味わえるだけで満足なのだそうです。息子さんの運転する車で、一家は高萩市の市街地から西へと向かいました。

さて、その道すがら、近道をしようとして道を間違えたのか、知らない道をわざと選んだのか定かでありませんが、車は高萩市の山間部の細い道を走っていました。

しばらく進むと、道端にオブジェらしきもの（何かが積み重なったようなもの、と聞いた気がします）が並んでいました。

Sさんは不審に思いましたが、車はそのまま進みました。さらに行くと、民家が見えたのですが、「やっぱり戻ろう」ということになり、息子さんは車を方向転換しました。来た道を戻っていると、地元の人らしき人に声をかけられました。

「あんたら、そっちに行ってきたの？」

そう尋ねられたので、ありのままに答えました。

しかしその人は、神妙な趣でこう言いました。

「そっちはやばいんだよ。もうあんなところ、いっちゃあなんねえぞ。早く帰りな」

わけのわからないまま、Sさん一家はその場をあとにしました。


僕はこの話を聞いたあと、何日かに分けて車やバイクで高萩市の山間部を探索したのですが、未だにこの気味の悪い場所にたどり着けていません。

Sさんは運転免許がなく、しかも方向音痴なので、もしかしたら高萩市ではなく常陸太田市か大子町の山間部なのでは、と一時は勘ぐりました。しかし家族のみんなが一緒だったのだから、「この前行った高萩の山奥、気味の悪いところだったよね」くらいの会話はあったと思うのですよ……。

今は疎遠になってしまって、この知人に会えずじまいですが……。

茨城妖怪探検隊　士郎氏筆

入ってはならぬ村は、茨城にもあるようだ。
探してたどり着くのもいいが、見つけられないほうが幸せなのかもしれない……。

五十三　竜神大吊橋　亀が淵

（常陸太田市）

ひたちなか市の飛田整術の飛田先生の話だ。

僕にこんなメッセージが届いた。

「竜神大吊り橋の下に亀が淵という場所があるのですが　そこに滝が二つあり向かって左側の滝壺を撮影すると水中に写るかもしれません　もし行かれるのでしたらば塩はお持ちになった方が良いですよ　塩はご自分の身体だけにかけてください。回りに振り撒くと喧嘩を吹っ掛けてる状況になりますから気を付けて下さい　心をしずめてお静かに見に行ってください　近場の方ではここはかなり怖い方です」

竜神大橋は、中央でバンジージャンプができるかなりの高さの橋だ。最初は日本一高い吊り橋だったそうで、そりたった山の途中から途中にかかっているため、下の竜神渓を見るだけで立ち眩みがする。

正直、茨城で一番怖い場所はと聞かれると普通に「竜神大橋だ」と答える。それはその山麓、橋から見える山間にも、何か潜んでいるようでならない。

橋を渡り切ったところに龍の絵があり、いかにも竜神に守られている場所なのだと思うが、高さ百メートルもあるのに、下が透けて見える橋は実に恐怖をそそる。

さて、その近くにある亀が淵の話だ。飛田先生の話は続く。

「亀がふちの上の方に小さい頃住んでた方が知り合いにいるのですが 子供の頃は亀がふちに骨を拾っていたそうですよ。その骨を刀がわりにしてチャンバラして遊んでたらしいのですが骨は人骨らしかったという話でした」

なぜそんなところに人骨のたまり場があるか聞くと、

「くわしくはわからないけど、そこは常陸の国の山中ですからね、山賊がいたのかもしれないです。本人にもなぜ其処に骨が……と聞いたのですが当たり前の様に骨で遊んでいたので分からないそうです、当時は土葬だったろうからもしかすると水が出たときに土葬の骨が流れ出したり等もあるかも知れません、自分の考えですが。まるごとの頭の骨等は無かったみたいですが、長い骨を持ってチャンバラした覚えが有るということは、大型の動物の骨ですよね」

そういえば、この辺りは土葬であったと聞く。日立の本山寺の住職にも聞いたが、土葬して土饅頭を作った場所（塚のようなもの）をあとで埋葬しようと掘り出しに行くと、ほとんど骨が残ってないそうだ。

理由は、山が動いているから、だそう。

中には、土葬の死体を掘り出して遊ぶ変人もいるが、骨が流れて川や淵にたどり着くのはありえそうだ。

「しかしもっと怖い話がありましてね」

と飛田先生。

「竜神大橋の下にキャンプ場等があるウォーキングコースがあるのですが、そこの奥に滝が二つあって、その滝の手前の滝の滝壺の水中にピンク色のどくろが写ってしまったんですよ」

人骨チャンバラをやっていた場所の近くの滝つぼに、どくろが写ったそうだ。話の流れから、本物の頭蓋骨でなく、霊的などくろのようだ。

「さすがにこの写真は処分しました。ピンクのどくろですからね、よく、赤系の心霊写真はよくない、怨霊があるというでしょう?」

そこは僕が竜神大橋に立って、山間の部分に寒気を感じた方角にある。

「その場所に行くにはどうしたらいいですか?」

飛田先生はおごそかに答えた。

「車で中までは入れないので、蕎麦屋の先が駐車場になってるのでそこから歩いて行くしかありません。しかしくれぐれもお気をつけて。塩はお持ちになったほうがいいですよ」

一度行ってみる価値はある。

五十四　茨城県護国神社と桜

（水戸市）

前作の「茨城の怖い話」では、一年前の十一月二十二日に参拝をした。十七時をまわると、向かいの偕楽園からこの一帯までかなり暗い。電灯があまりないのだろうか。自販機の灯りだけが頼り。高い石段をのぼり社殿に向かうのは、ほとんど肝試しに等しい。

訪れたのは、ペリリュー島の慰霊碑を参拝したかったことが大きい。勇猛果敢な、関東軍でもあった水戸第二連隊が、この南方の島で玉砕をした。ペリリュー島は今のパラオ島だ。観光で行く楽園の島では、その昔戦争があった。島民を別の島に送り、民間人は巻き込まず、軍人だけで戦った。

当時の戦局で言えば、このペリリュー島でとにかく時間稼ぎをして、本土防衛や他の占領された場所を奪回させることが目的の戦いであった。最初から勝てる戦ではないことは、大本営もわかっていたことだろうが、非常によく耐え、玉砕後も島で戦い続け、数名が水戸に帰還することができた。

この時の総司令官が「中川州男大佐」であり、熊本の出身なのだ。熊本の自衛隊にもその遺品が置かれている。関係者と知り合いでもあるため、一度はきちんと手を合わせようと思った次第だった。

あまりの暗さに社務所を訪れた。中から若い美人の神主が出てこられた。

「あの、ペリリュー島の慰霊塔を見たいんですが、暗くてどこにあるかわからないのですが……」

と聞くと、すぐに懐中電灯を持ってこられ、喜んで案内してくれた。

慰霊碑は、境内から道ひとつはさんだ場所にあるのでわかりづらい。

「明日の慰霊祭の関係者ですよね?」

と美人神主が言われ、

「いえ、単に取材に来た者です。中川大佐の関係もあるもので……」

とても「怖い話」に書くから……とは言えなかった。どうやら、慰霊祭の前日に熱心に慰霊碑を見に来てるから関係者だと思われたようだ。

「この慰霊碑や境内の写真を撮ってもいいでしょうか?」

「ええ、どうぞ」

美人神主は、こうした軍神を祀る神社に相応しい人で、ペリリュー島や中川大佐の遺品を見に熊本に行かれ、とても詳しく勉強されていた。

同行したのはいつものプロ同行者兼プロドライバーの会田さん。美人神主とあって、妙に喜んでいたのを覚えている。

この神社に着く直前に、筑波山温泉に行った。筑波山神社の境内のすぐ近くにある。ここで温泉で自撮りなど不謹慎なことをしていたせいか、護国神社までの五十キロを走る間に、なぜかスマホのＳＤカードが全部消失してしまったのだ。温泉までの茨城での心霊スポットの写真はすべて消えた。

この護国神社での神主との二ショットや、境内の写真だけが残った。

「ここだけ残ったのは、神主さん（神を繋ぐ人）に撮影許可を取ったからでしょうね」

僕はそう会田さんに話した。会田さんは本が出版になったので、お礼かたがた行きましょう、としきりに誘ってくれたが、どうしても忙しくてずっと行けずにいた。

さて、一年後の十一月下旬。今から三か月前になる。

水戸にある保和苑と天狗党の殉死の碑を拝んだあと、そのあと用事のある月浦さんに護国神社ならよく行くから送りますと、連れて行ってくれた。

月浦さんの伯父様は太平洋戦争時、インパールで戦死された。お盆には必ずこの神社に参拝するのだそうだ。

不思議な因縁で、再度この護国神社に行った。

前回同様、到着したのが十七時手前で、また辺りは夕闇が迫っていた。境内の中に「此花サクヤ姫」の社がある。軍神、英霊を祀る神社に、縁結びや愛、母なる神のサクヤ姫が祀られていることが気になった。


社務所で声を掛けると、なんと去年対応してくれた美人神主さんがいたのだ。

そして急遽、玉串拝礼をさせていただくことになった。

僕の仏縁の真骨頂、霊気漂う場所に行った後は、必ず寺社仏閣でお祓いを受けることになる縁だ。月浦氏がこの神社に送ってくれることになったのも、場面で決めたことであるし、偶然か必然か、お祓いや浄化される場所に行く羽目になるのだ。

「さっき天狗党の墓所に参ったので、やっぱり何か憑いてましたよね？」

と神主に聞いてみた。すると、

「いえいえ、去年もお越しでしたし、ご縁を感じました」

穏やかに神主は答えた。

話ながら、前作での特攻隊の霊たちが挿絵を描く絵師のもとに集まり、絵ができた不思議な話をした。すると神主は真顔になり、

「はて、最近境内に特攻隊の石碑ができましたよ」

「最近ですか？　では去年ここに参ったときはその計画があったのですね？」

「ええそうです。でも色々あって着工が遅れ、半年遅れで建立できました。なので先月できたばかりです」

特攻隊の英霊の方々が絵のお札に絵師に話したこと、それは、

『俺たち特攻隊だからよ、神風起こしてやるからな』

の言葉だった。

思えば、平成三十年三月末で終了する予定だった『筑波海軍航空隊記念館』も笠間市の施設になり継続しさらに増設した。そしてこの護国神社にも碑が立った。本に書いた場所が次々と良いほうに変化している。

彼らの神風はまだ吹き続けると思う。

それに、僕がここに来るまで何度も機会があったのに、来れなかった。石碑ができてから行け、という霊たちの暗示があったのかもしれない。

この日、月浦氏の伯父の戦死を知り、送ってもらえたから来れた。

「もしかすると、月浦さんの伯父さんが、ここに来るように呼んだのかもしれませんね」

「そうかもしれませんね、私も本当は一銀さんとは水戸で三時間くらい話をしたら帰るつ

もりが、天狗党の墓所に送ったら、ここに連れて行かなくてはと思ってしまいました」

特攻隊の飛行兵の姿の石碑は、懐中電灯に照らされ、青く写った。写真に青い光が写るときは、何かの結界と気高い霊気があるときだと僕は信じる。

三人は暗い中、しばらくの間その石碑をじっと眺めていた。

「なんでしょうね、私たちはこの戦争の時代のこと何もを知らないのに、どうしてここの前に来ると涙が出るんでしょうね」

月浦さんが厳かに言った。目が光っていた。僕も涙が出た。

「本当に。僕はこういう場所に来ると、武者震いと湧き上がる涙が出ます。悲しい涙じゃないです。よくわからんですが、これから行くぞっていう涙です」

神主も答えた。

「私もよく泣きます。でももう慣れました。玉串拝礼のときはいつもぐっと涙が出ますが堪えるようにしています」

そして気になっていたことを聞いた。

「さっきは玉串拝礼をさせていただきましたが、本当は何か僕らにあったのをみたんでしょう?」

「いいえ、神様にあいさつをされたほうがいい、と思っただけです」

「あいさつですか、確かにいつもこの暗い時間に来て、社殿の外から拝むだけでした。軍神のみなさんにちゃんと挨拶できていましたか？」

「はい、ちゃんと挨拶されていましたよ」

と神主はすがすがしい顔で答えた。

拝礼のとき、初めて本殿に入った時の凛とした空気感を覚えている。

しかしそれは『拒絶』ではなく、『よう来られましたなあ、どうぞどうぞ』という親しみを込めたような様子を見るような、武家寺に入ったときのような結界の感覚があった。いかにも荒ぶるサムライたちの社である。

僕がここで手を合わせ拝礼し、彼らに語りかけた言葉は『もう一度、あなた方を描きます』だ。その願いはどうやら本著で叶う。


この玉砂利の境内では、時折複数名の歩く足音が聞こえることもあるそうだ。護国神社や靖国神社では、そうした怪奇現象もよく起こる。

水戸藩の時代にさかのぼると、当初、この神社のある桜山に偕楽園を作る予定だったそうだ。今の偕楽園はもともと梅林で、向かい側にある。

だが、霊山であったためなのか、サワリがあるとして、こちらは桜の山にして護国神社となった。道を挟んで梅と桜の名所になっている。

そして、境内に祀られる此花サクヤ姫は、神主も知らないというほど、昔から存在していたようだ。

ふと、思った。

サクヤ姫様がこの山の主だったのではなかろうか。サクヤという名前からサクラという言葉が生まれたのではなかろうか。

愛と縁結び、そして火の中で子を産んだ母性の古代神は荒ぶる軍神たちと共に暮らし、戦地で疲れ切った魂たちを抱きしめているのかもしれない。

そして一本の電話が鳴った。霊能の先生からだった。

「此花サクヤ姫の姿が富士山の神社にありますが、それが、お顔が一銀さんにそっくりですよ。何か関係を感じます」

と。

本殿にて神々にあいさつをしてほしい、という神主の言葉がリフレインした。

なぜ茨城の彼ら（英霊）が僕を受け入れたか、最後になぞが解けた。

僕の顔がサクヤ姫に似ていた、もしくは何か姫に関係する者だからだろうか。

ふと、『火神子《ひみこ》』はサクヤ姫が火中に産んだ娘では……と頭にひらめいた。
霊謎解きの旅は続く。

五十五　平将門の胴塚と巡礼

（坂東市）

東京大手町にある平将門公の首塚は、京都でさらし首になった将門公が故郷の下総の国めがけて飛んで行こうとして、降りた場所とされている。

近くの兜町は、将門の兜が落ちたことから兜神社ができ、それが発祥とも言われる。多くの怪奇を残す将門公の怨霊だが、ひとつは、戦死した敵将の首を分断し、さらし首にすることは当時初のことだったこともある。

神田大明神は将門公を祀る神社であることも有名だ。その神田の名前も、将門の胴塚を祀る坂東市の神田山の地名も関係する説もある。

西暦九〇〇年頃の平安時代は、怨霊を怖がった。さらし首もしてしまい、さすがに怖くなったのだろう。怨霊を恐れ、胴体も切り刻んでしまった。

そのバラバラの遺体を京都から東国に運ぶ際に、奇怪なことが起きた、という歴史書もある。

謎の多い話であるが、実際の将門が愛した坂東市を訪れたら、違う印象になるだろう。

重税に苦しむ農民のために、戦った英雄である。

八万大菩薩の名のもとにやってきた巫女から『新皇』と名付けられ、地域の人々にとっては輝く存在であった。将門が桓武天皇の子、高望王の孫にあたることから、確かに朝廷から見れば危険人物どころか、新しい朝廷が東国に独立して作られたら大変なことになる。その影響力は大きかった。

西暦九四〇年、二月十四日に平将門は戦死する。農繁期もあり部下の農民たちを仕事に戻していた折だったので、多勢に無勢だったようだ。

しかし、二月には米も作らないかなり寒い時期ではあるが……。


国王神社では将門公の三女・如蔵尼が、父の最期の地に庵を建てたのが神社の創建であり、父の三十三回忌に当たって刻んだ「寄木造 平将門木像」をご神体としている。一度盗まれたが、取り返し、しっかりと鍵の付いた場所に保管されている。

将門公への信仰は篤く、氏子も多い。小さな林の中にひっそりとたたずんでいる。木々が敷地内に乱立し、子供ならここで鬼ごっこやかくれんぼをしただろうな、と思う雰囲気だ。そして誰かが潜んで立っているような気になる。

僕がこの神社の境内に入ると、相当な寒気が走る。

この寒気はおおよそ霊気であるが、かやぶき屋根の社殿の前に立つとさらに霊気で震えがくる。この現象がいつも変わらない。

その日は社殿の掃除をされ祈祷の準備があるようで、社殿の扉が開き、開放的だった。中にいた女性に話を聞くと、

「ここは以前は開けっぱなしにしていたら、色々盗む人が増えたんで、お賽銭箱も中に置いてるんですよ」

とのことだった。僕の寒気の話をすると、

「そうですか、小さい時からここに来てるからわからないけど、たまにいますよ、ここを通り過ぎたときに異様な霊気を感じたので来ました、とか」

同じように、何かを感じてこの神社に立ち寄る人は多いようだ。

この神社の近くに将門公の菩提寺がある。大昔は一緒だったが、明治の廃仏毀釈から神仏を切り離されたとのことだった。

将門公の菩提寺は延命寺である。真言宗豊山派で、この近隣では「島の薬師さん」という名称で親しまれる。入ると池が石橋を渡ると、赤カブトのようなお堂が見える。このまわりに、史跡として、営所や石井の井戸、九重の桜がある。

この裏手になる飯沼には、地元の人しか知らない『消えた花嫁』という怪奇伝説がある。

将門公の本妻と姫が、追っ手が来た時に沼の船に隠れ潜んでいたが、見つかり殺されてしまった。

当時は将の妻子も男女問わず皆殺しだったのだろうか、側室も殺されている。

その後時を経て、飯沼を埋め立て、田んぼにした。

江戸時代になり、花嫁がその田んぼにいた際に、ふと、まわりが振り向くと、花嫁が頭にかぶっていた笠だけが残り、体はどこにもなかった。

花嫁が突然煙のように消えてしまった。

実は、元は沼だったので大きな底まで抜ける穴があったのか、体がずっぽりと埋まり、落ちてしまっていたのだそうだ。もちろん生きて戻れなかった。

この沼は妻子の怨念として語り継がれた。

また、将門が影武者（人形）を使っていたため、本人の特徴（こめかみが動くのが本物）と敵の藤原秀郷に密告したのが側室の桔梗と言われる。

そのため、桔梗の花は疎まれ、この地では花が咲かないと言われている。

また、九曜の家紋は将門公の家紋であるため、見た目がキュウリを輪切りにしたものに似ているので、キュウリは食べない、敵の軍勢が千葉の成田山で祈祷してから攻めてきたので、成田山新勝寺には行かない、など古の言い伝えを守る人々もいる。

将門公を怖がってでなく、愛しているから言い伝えを守っているのだ。

胴塚のある神田山延命院にも足を向ける。真言宗智山派になるので、延命寺とはまた違う。胴塚には将門山という古墳の名前が記されている。敷地内の中央にあり、社殿の裏手になる。

立ち寄ると、国王神社の数倍の寒気がした。

「ああ、ここに来いということだったのか」

頭の先から足の先までしびれ、なぜか涙が出た。ちょうど南無阿弥陀仏の石碑の近くの結界で起きた現象だ。

いつものように僕は自撮りで自分の顔を写す。

霊気のバロメーターになるからだ。

驚いたことに、右ほほに見たことのない古傷のようなものが縦に入っていた。

雷に打たれたような衝撃のしびれは、今までに感じた霊的エネルギーを超えていた。ここには傷ついた高貴な人が眠る。暴いてはならない場所だ。

胴塚の前に立つ。

手を合わせた墓碑があり、自然に手を合わせた。

その後ろの記念物の木の間からは、さんさんと太陽が煌めく。荘厳な魂がここにあり、まだ潰えぬ無念をも感じる。いつしか曇り空は晴れ、鳥たちがさかんにさえずった。まわりには六地蔵が立ち、穏やかな空気が流れている。

「いつか将門公の首と胴を繋げることができればと思います」

と手を合わせて願うだけで、また涙が落ちた。この地は、将門公の末裔、相馬氏の神領であり、今までも墓をあらされることはなかった。

将門公の体は、千年以上の時を刻み、故郷の静謐の中にたたずむ。

取手市には桔梗御前の塚もある。将門公が砦をつくったことから、とりで↓取手という地名になったともいう。

古書によると、桔梗御前の生まれの群馬県太田市に将門公の遺体を運ぶとき、遺体が勝手に暴れだしたので、取りやめ、桔梗の出生の村では惨事が続いたので、さらに塚を作ったという説もある。


この場所には僕一人で行った。僕が買った車は白馬のように白く早く走り、将門公が白馬に乗ってこの下総国を自由に走り回っていた姿が偲ばれた。

県南は大穀倉地帯であり、筑波山が遠くに見え、地平線が見える最高の関東平野だ。彼が残した村人たちが作り上げた開墾の賜物だ。

襲撃の時、領地の農民の兵を集められなかったのではなく、呼ばなかったのではないだろうか。将門公は、自分の命を引き換えに、この地で働く人々を残した。戦闘に加えたら、きっと皆殺されてしまっただろうから。

埼玉からほど近いこの地域は、利根川を渡る難易度があるが、当時は江戸川が利根川であり、今ほど大きな川ではなかったという。

最後にこの県境の川を越えたときは、もう公の命はなかったが、魂はいつもこの大地に輝いている。家紋の九曜紋は惑星の天体、宇宙をあらわす。

（完）

参考図書

「茨城と平将門」「平将門」「坂東市ホームページ」「坂東市観光案内」「笠間市ホームページ」「茨城県ホームページ」「神無月10日の夜」「呟怖」「茨城県妖怪探検隊」「日立市ホームページ」「水戸弘道館」「水戸市ホームページ」「国王神社公式ホームページ」「大子町ホームページ」「石岡市ホームページ」他

協力

部分監修　大島てる

飛田整術　飛田先生

茨城県妖怪探検隊　士郎

月浦影の介　イッチー　わかな　Ｈｉｒｏ　本山寺　芳林寺

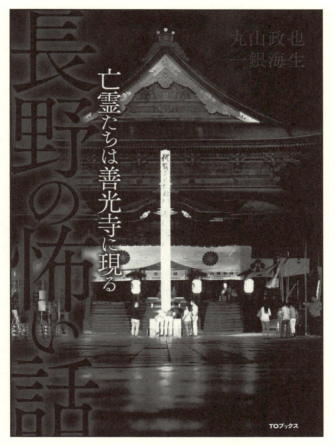

TOブックス
好評既刊発売中

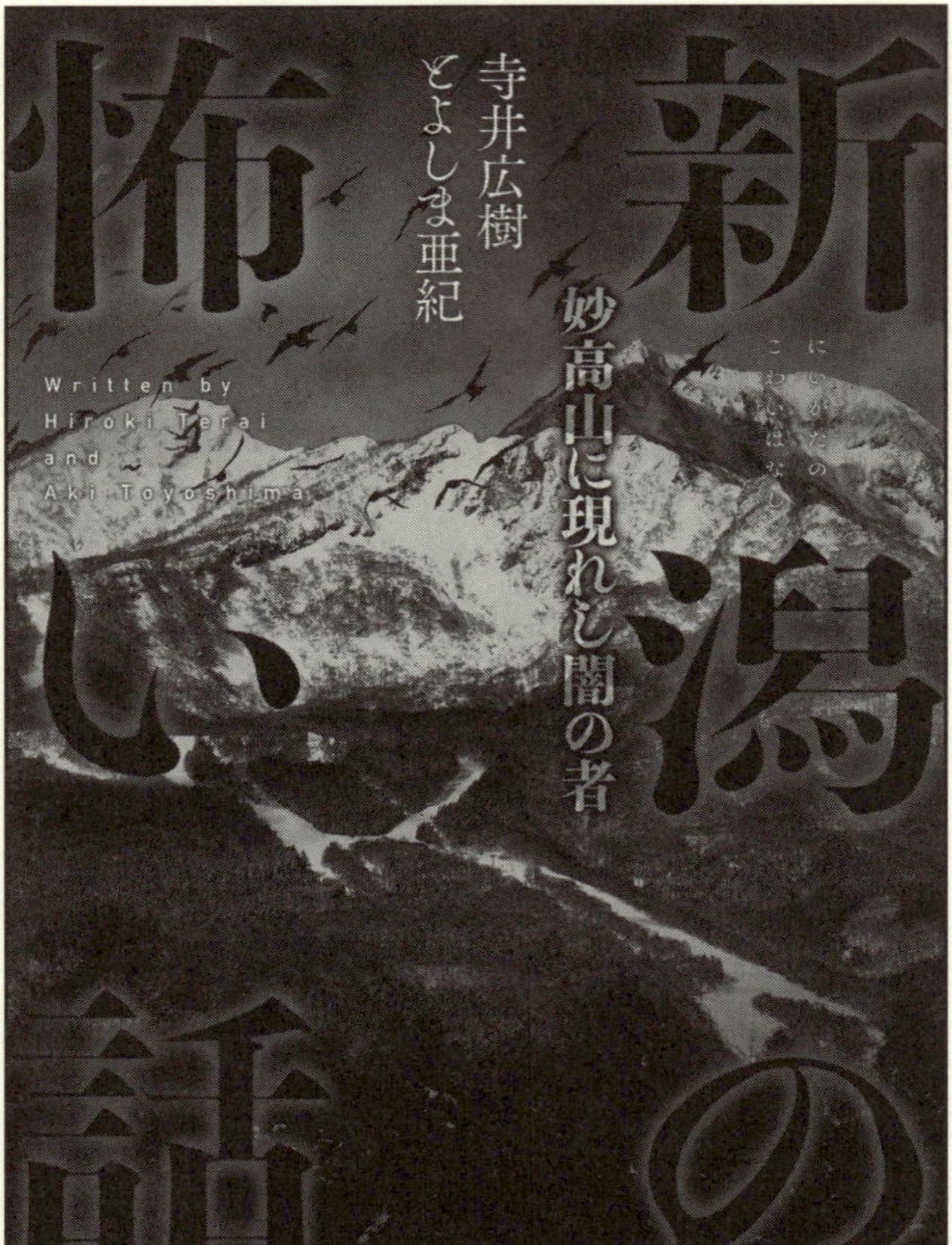

［新潟の怖い話　妙高山に現れし闇の者］
著：寺井広樹、とよしま亜紀

妙高山の「闇」は、どこまでも付いてくる！　銀世界に現れた一筋の闇は……怨霊？　駒ヶ岳、八海山、国府川、越後の山河にまつわりし奇譚集。

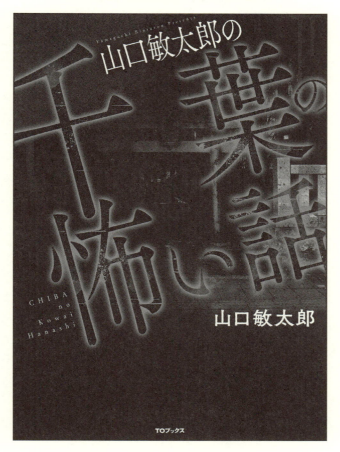

一銀海生（いちじょう・みう）
早稲田大学第一文学部卒。著書に「広島の怖い話」「東北の怖い話」「北海道の怖い話」「熊本の怖い話」「茨城の怖い話」「長野の怖い話」「埼京線あるある」「東横線あるある」(TOブックス)。「中央線格差」「池田理代子麗しの世界」(宝島社)ネットコラム連載に「鉄道怪」(トカナ)。漫画原作に「リフレインゴースト」(comico)、「リコンシキ」（ピッコマ）や、アプリ「DMM TELLER」にて「呟怖一丸」「鉄怪」「住んではいけない」「神占い師ジュール」「表と裏」など多数連載中。

寺井広樹（てらい・ひろき）
1980年生まれ。怪談蒐集家。銚子電鉄とコラボして「お化け屋敷電車」をプロデュース。「広島の怖い話」「東北の怖い話」「茨城の怖い話」「お化け屋敷で本当にあった怖い話」「静岡の怖い話」「新潟の怖い話」「岡山の怖い話」「宮城の怖い話」「彩の国の怖い話」「岩手の怖い話」(いずれもTOブックス)、「日本懐かしオカルト大全」(辰巳出版)など著書多数。

協力　大島てる　Hiro
イラスト　シロマ

茨城の怖い話2
—鬼怒砂丘に集いし英霊—

2019年3月1日　第1刷発行

著　者　**一銀海生／寺井広樹**
発行者　**本田武市**
発行所　**TOブックス**
〒150-0045 東京都渋谷区神泉町18-8
松濤ハイツ2F
電話 03-6452-5766（編集）
0120-933-772（営業フリーダイヤル）
FAX 050-3156-0508

ホームページ　http://www.tobooks.jp
メール　info@tobooks.jp

印刷·製本　**中央精版印刷株式会社**

ISBN 978-4-86472-780-8
Printed in Japan